KB067333

지금들도 사랑하면
연리지가 될 거야

**지슴들도 사랑하면 연리지가 될 거야**
문문자 시집

**초판 인쇄**  2017년 06월 23일
**초판 발행**  2017년 06월 26일

**지은이**  문문자
**펴낸이**  신현운
**펴낸곳**  연인M&B
**기 획**  여인화
**디자인**  이희정
**마케팅**  박한동
**홍 보**  정연순
**등 록**  2000년 3월 7일 제2-3037호
**주 소**  05052 서울특별시 광진구 자양로 56(자양동 680-25) 2층
**전 화**  (02)455-3987 팩스 (02)3437-5975
**홈주소**  www.yeoninmb.co.kr
**이메일**  yeonin7@hanmail.net

값 15,000원

ⓒ 문문자 2017 Printed in Korea

ISBN 978-89-6253-200-5 03810

지금들도 사랑하면

연리지가 될 거야

문문자 시집

세상에 소중하지 않는 사랑은 그 어디에도 없다.
지금 이 순간도 우리의 곁엔 구애의 손길이 가득하다.
아프고 병들어 힘이 든 사람들, 외로움에 허덕이는 사람들,
영원히 함께할 연리지를 꿈꾸는 사람들…

연인M&B

우리는 많은 사랑을 이야기한다.

부모와 자식, 남편과 아내, 친구와 연인….

서로의 성격이 달라 어느 것이 감히 소중하다 형언할 수 없지만

또한 어느 것 하나 소홀할 수 없이 살아가는 인생이다.

지위가 높고 사회에 저명하고

또는 연예계 별들의 사랑만이 소중하다.

아름다운 연리지로 완성이 될까?

밟아도 올라오고 밟아도 또 올라오고

캐내면 또 다른 생명이 올라오고

자고 나면 또 다른 사랑을 싹틔우는

하찮은 지슴들도 사랑을 하고

연약한 지슴들도 사랑을 하고

그 흔한 지슴들도 사랑을 하리라.


하나의 마음이 되기 위해 울고 수십 번을 운다.

하나의 몸이 되기 위해

억겁을 지나듯 시련과 고통을 감내하며
긴 터널 같은 어둠을 본 이들은 연리지를 안다.
인스턴트 같은 간편한 순간의 달콤한 유혹을 사는 이는
사랑을 모른다. 연리지를 모른다.
먼 길을 돌아 뒤늦은 해후를 마지막 사랑이라 이름 짓고
남들처럼 이별하는 미래는 없으리라고
주름진 손가락 걸고 단정하는 결코 젊지 않은 연인
그 연인들의 연리지 사랑을 약속하며
한낱 이름 없던 콩밭 고랑이 잡풀 지슴일지라도
꿋꿋이 안고 자라 어느새 하나의 튼실한 몸이 되어
세상의 추앙받는 연리지로 태어나기를 약속하며
한 줄 한 줄 사랑의 메시지를 전한다.


아울러,
병마와의 긴 싸움에 지쳐 천길을 떠나신
후손에 더더욱 두터운 우애와 사랑을 가르치고

떠나신 당신을 그리며
몇 소절의 시와 영원히 사랑하며 살리라 인사를 드리옵고
나와 손을 잡고 언제나 사랑을 나누고 함께하는
벗들과 자연과 세상을 노래한 몇 편의 시 또한 같이하고자 한다.

지슴들도 사랑하면 연리지가 될 거야.
세상에 소중하지 않는 사랑은 그 어디에도 없다.
지금 이 순간도 우리의 곁엔 구애의 손길이 가득하다.
아프고 병들어 힘이 든 사람들,
외로움에 허덕이는 사람들,
영원히 함께할 연리지를 꿈꾸는 사람들….

잠시 이 공간에 발길 놓고 사랑의 이야기를 노래하자.

2017년 5월
문문자

# | 차례 |

3부

아
침
인
사

1부

봄빛 사랑

# 비

그리운 사람이
더욱 그리워지는 아침
빗소리가 나를 깨운다

그리운 숫자만큼
많은 비가 아침을 재촉한다

언제부턴가,
비를 좋아하는 사람 있어
나도 비가 참 좋다

종일 내리는 빗방울 수만큼
사랑한다는 말
당신에게 할 수 있다니
참 행복한 아침.

# 사랑과 행복

여유 있게 시작하는 일요일
방 안에도 창밖에도
온통…
당신의 모습이 떠다니며
나를 미소 짓게 합니다

이건 분명히
사랑이고 행복입니다
비가 오면 당신을 생각하고
눈이 오면 당신을 그리워하렵니다

따스한 가을 햇살 속에
오늘도 당신을 그려 봅니다
사랑,
그 이름만으로는 부족한
당신의 이름을
뭐라고 불러야 할까요.

# 여정

한낱 시였던 글들이,
이리 가슴에 마음에
속속들이 비집고 들어올까

그래
숨이 목 끝까지 차올라도
가 보지 않으면 알 수 없는
내일을 향해
손 꼭 잡고 같이 가자

아무것도 없음 어때
긴 그 여정 순간들 만큼은
얼마나 행복하고 아름다울까

누군가 나를 그리워하고
내가 그를 그리워하니
이 행복한 마음
이 기쁨의 희열

사랑한다
그 이상의 표현할 단어가 없다니
사랑한다
그 이상의 단어를 찾고 싶다.

# 추석

추석날 아침
창문을 스며드는
국화 향기 유혹에
살며시 눈을 떠 보지만
당신이 없는 이곳
외로움만 가득합니다

지금 이 순간은
당신을 그리워하면 안 되겠지만
어느 집일까
탕국 향
햇쌀밥 익는 냄새
차례 준비에 분주한 소리

외롭다
그곳에 내가 없으니….

# 기도

하늘만 봐도
바람만 느껴도
뒹구는 낙엽만 스쳐도
당신 생각에 가슴이 뜁니다

얼마나 정에 굶주렸는지
얼마나 사랑이 간절했는지
그리고 얼마나
나를 감추고 살았는지

고맙고 사랑합니다
나의 영혼을 살려 주고
내 본연의 자태를 깨워 주고
사랑의 눈을 뜨게 합니다

하루가 되고 열흘이 되고
1년, 10년 그리고 또 10년
당신께 영원히 기억될
못잊을 사랑이 되렵니다

자신을 돌아봄에 늘 관대하듯
자신보다 더 믿고 사랑합니다
당신도 그러하길 간절히
기도해 보며….

# 느낌

나의 느낌을,
두 눈 깜박거리며
사랑스럽게 바라보던 눈빛
잊을 수 없다 했나요

강하디 강할 것 같던 내가
코스모스처럼 연약해 보이고
언제까지나 꼭 안고
품속에 지키고 싶다 했나요


당신의 느낌은,
머리를 쓰다듬으며
설레이듯 떨리는 입맞춤을
잊을 수 없답니다

따스한 가슴을 전해 주며
사랑한다던 작고 낮은 목소리
언제까지나 되뇌이며
그 느낌 속에 묻히고 싶답니다.

# 행복

내 손을 잡아 주지 않아도
손 내밀 수 있어서 행복했고,

내 응원의 말을 들어주지 않아도
할 수 있는 방향이 있어 행복했고,

나를 기다리지 않아도
찾아갈 당신이 있어 행복했고,

내게 말 한마디 않아도
당신을 생각할 수 있어 행복합니다

이젠…
내 손을 잡아 주고 기다려 주고
내 말을 들어주고 말을 건네고

나만을 사랑한다는 당신 이유에
나는 더욱 미치도록 행복합니다.

# 10월엔

10월엔 우리 사랑이
더욱 무르익는 계절이 되겠지요
둘만의 여행도 가고
각종 행사도 가고
서로에게 간절한 눈길을 놓지 않겠지요

당신이 나를 불러 주면
당신이 외롭거나 지쳐 있으면
언제라도 달려가렵니다
당신께 해 줄 수 있는
가장 큰 사랑의 표현이니까

지친 다리도 주물러 주고
꼭 안아도 주며
소곤소곤 옛이야기도 들려주고
투정도 웃으며 받아 주고
토닥토닥 잠도 재워 주렵니다

당신을 향한 사랑에
난 모든 것을 잃어 버린답니다
마음과 몸과 영혼까지
모두 다 주어도 싫지 않는 빼앗김
당신께 난 영원한 필요의 사람입니다.

# 고백

당신이 없던 들판엔
난 이름없는 야생화였다오
당신과 있는 들판엔
난 향기로운 사랑꽃이 되었네요

의미 없이 평범하던
나무, 들풀, 강바람마저도
이젠 내게 사랑을 전하는
온갖 요정들로 왔답니다

당신을 생각하고
당신을 그리워하고
당신을 사랑하고
내 생에 봄이 찾아왔어요

여름이 가을이 겨울이
그리고 또 봄날이…
수십 번이고 고백하렵니다
당신을 너무나 사랑한다고.

# 별빛

당신이 나를 얼마나 사랑하는지
나는 알고 있는데
내가 당신을 얼마나 사랑하는지
당신은 알고 있는데
우리는 오늘도 긴 늪에서
더 넓은 길을 찾고 있네요

멀리 북극성이 보입니다
누군가 나를 보며
자신의 길을 찾으라 하지만
당신은 내 진정을 아는 듯 모르는 듯
그 밝은 별을 곁에 두고
온통 밤하늘만 헤매입니까

당신이 어디에 있든
당신이 어디서 무엇을 하든
나는 당신의 빛을 보고
기뻐하고 행복해합니다

아련한 그 빛을 놓칠세라
당신이 찾을 내 빛을 잃을세라
어둡고 무서운 골목을 지키며
작은 빛을 보냅니다.

# 우리는

우리 다음에 만나면
하루만 실컷 울고
그다음은
항상 웃으면서 지내요

몸이 힘들어도
그냥 같이 웃어 기대고
마음이 아파도
그냥 같이 웃어 안으며

늦게 만난 우리의 시간
그 만큼 당신 모습을 보는
웃는 당신을 볼 수 있는
시간도 같이 줄었잖아요

그러니깐…
그대는 나만 보면
그냥 웃어 주기
나도 그대를 보면
마냥 웃어 주기

그렇게 지내요 우리
함께만 할 수 있다면….

# 고백

내가 누군가를
생각하고 사랑하는 것에
제일 먼저 그리운 사람도
제일 먼저 기억나는 사람도

아침에 눈을 뜨면
가슴이 뜨거워지는 사람도
잠을 청하며 누워도
마지막까지 아른한 사람도

나 때문에 아파하고
나 때문에 눈물 흘리고
나 때문에 삶이 흔들리고
나 때문에 많은 것을 잃는 사람도

내 사랑하는 그 사람입니다

먼먼 훗날,
내가 당신을 떠올리고
당신이 나를 떠올릴 때
사랑의 미소를 기약합시다

나 때문에 그리고 당신 때문에
긴 여정의 길
사랑의 희로애락은 행복입니다.

# 가을 사랑

그대 향한 내 마음은
대나무 빛처럼 불변해도
그대의 마음은
잠시 머물 바람인 줄 알았는데

가을이 무르익을수록
가을빛이 짙어질수록
당신 마음도 깊어질 줄은
진정 난 몰랐네요

당신의 마음속에
나의 마음속에
깊이 새겨진 우리 사랑은
잠시 머무는 연정이 아닌
지울 수 없는 애절한
사랑빛이 되었군요

그대의 향기는
가을 저녁 낙엽 태우는 향수같이
따스한 고향 같답니다
가을, 고향, 어머니 그리고 당신.

# 애원

늦가을 늦은 술에
그리움 담고 돌아온 길
그 마음 내 마음
술이야 어찌 알랴마는
흔들리는 좁은 심사
단풍만이 서러워 우는구나

내 가슴 뜨거워라
가을 너는 알아 줄까
싸늘한 강바람은
낙엽 따라 가라 하는데
바람 안고 홀로 서 있는
그대만 추워 어찌할꼬

먼길 돌아 찾은 인연
애닯다 어이하리
아프고 또 아파도
그 만큼 깊어질 터인데
가려는 가을 부여잡고
가려는 그대 모습 또 부여잡고….

# 사랑은

사랑은 아름다운 것인데
사랑은 행복한 것인데
사랑은 그리워하는 마음속에
사랑은 애달파하는 마음속에

사랑은 모든 걸 이해해 주고
사랑은 모든 걸 감싸 주고
사랑은 모든 걸 주고 싶고
사랑은 오직 당신만 생각하고

사랑은 무슨 일이든 같이하고 싶고
사랑은 곁에만 있어도 웃음이 나고
사랑은 지나온 추억에 미소가 생기고
사랑은 내일 만날 기쁨에 미리 취하고

사랑은 모습만 떠올려도 기분 좋아지고
사랑은 당신 위해 내 모습을 가꾸고
사랑은 내 일상들에 당신이 묻어 있고
사랑은 내 머릿속에 당신이 가득하고

사랑은 아침에 눈떠 제일 먼저 생각을 하고
사랑은 잠들기 전 기억하며 행복으로 빠져들고

사랑은 꿈에서도 당신과 같이하고 싶고
사랑은 현실에서도 당신과 함께 있고 싶고

사랑은 맛있고 멋진 것에 챙기고 싶고
사랑은 밉고 싫은 것에 감추고 싶고
사랑은 이 시간도 당신을 기억하고
사랑은 변하지 않고 식지도 말아야 하는 것

사랑은 당신의 허물까지도 사랑하고
사랑은 당신의 예쁜 모습을 지켜 주고 싶고
사랑은 오늘보다 내일은 더 커지길 원하고
사랑은 내일이면 완숙해져 있기를 기도하고

사랑은 다툼에 먼저 사과를 하고
사랑은 다른 시기와 질투에 흔들리지 말고
사랑은 더워 땀이 나도 안아 주고 싶고
사랑은 추위에 체온을 나눠 주고 싶고

사랑은 바라지 않고 줄 수만 있어야 하고
사랑은 시작한 첫 마음을 잃지 말아야 하고
사랑은 그렇게 사랑만으로 순수해야 하고
사랑은 그렇게 둘이 하나여야 하는 것

사랑이 외롭다
사랑이 안타깝다
사랑이 무섭다
사랑이 아프다

그래도 너무너무 사랑하는 마음
알면서도 따라하는 바보 같은 마음.

# 첫눈

외로울 땐
곁에 있다 했네요

힘이 들 땐
곁에 있다 했네요

아플 땐
곁에 있다 했네요

첫눈 내리면
달려와 눈길 걷자 했네요

내가 부르면
언제든 달려와 입맞춘다 했네요

하지만 내 곁에 없으면서
말뿐인 거짓말쟁이

첫눈에 애태우며 기다려도
오지 않는 거짓말쟁이

사랑한다 전하지도 못하는
미운 내 사랑 거짓말쟁이….

# 편지

그대 모습 떠올리면
언제나 가슴 설레이고
그대 얼굴 바라보면
가슴이 뜨거워집니다

그대는 나의 인생에
찬란한 사랑을 심어 주고
미칠 듯 행복을 안겨 주는
마법의 천사 당신입니다

그대 만날 기다림은
안타까움이 있어도 좋고
만나면 이별의 시간 서러워
점점 목소리는 작아만집니다

마주보며 미소로 밥을 먹고
한잔 술에 상기된 당신 모습
떠올라도 잡을 수 없는
까만 밤에 속도 까맣게 탑니다

늘 외롭던 반달
오늘밤은 초롱한 별이 함께인데…

곤히 자고 있을 당신 그리며
꿈속으로 편지를 띄웁니다.

# 바람

유난히도 찬바람이
행인 옷깃을 여밀며
바쁘게 바쁘게
집으로 쫓고만 있는데

님 목소리 그리워
바보 같은 나 혼자만
찬바람 친구 삼아
기다리고 또 기다리고

당신이 내게 보내던
쌩하던 찬바람은
마음속 체온마저
싸늘히 얼렸었지

웃는 행복한 모습
억지로 떠올리며
먼 곳 당신에게
갈 수 없는 현실 앞에

그리운 맘 보고픈 맘
글로 적어 나빌레라
애절하다 안타깝다
사랑한다 나의 당신….

# 작은 이별

님 두고 돌아서는 발길
이제는 익숙도 하련만은
아쉬움에 타는 속을
찬바람만 소리내 위로하고

두고 오는 애타는 마음
작은 별 하나 아는 마냥
님의 마음 챙겨 가라
앞서가며 서성이네

돌아서면 그리운 마음
곁에 있어도 보고픈 애절함
어느 시인의 노래런가
누가 아름답다만 했을까

점점 멀어지는 님의 체온이
내 찬 가슴에 불을 붙인다
이 뜨거운 가슴으로
사랑하는 나의 님이여….

# 작은 이별 2

내 곁에서 멀리 가지 마세요
가까이 있어도 보고파 애달픈데
멀리 떠나가 있다니
마음마저 멀어질까 더욱 애탑니다

당신과의 추억 일기 되뇌이며
무탈히 돌아오라 기도도 해 보지만
그리운 이 마음
당신 모습 꺼내어 몇 번을 외웁니다

간간히 전해 오는 당신 목소리
보고 싶단 그 소리에 마음만 동동
어디메쯤 계시는지
그리운 마음속에 찬바람만 친구라오

그립다 보고 싶다
사랑하는 나의 님이여…
사랑 참 어렵다

마음을 풀면 오해의 숲에 헤매이고
현실을 감추자니 진실이 바래진다

나를 닮은 분신도 내 안을 못 보는데
애타는 가슴일랑 어떤 그릇에 담을까나

행복 찾아 나서는 길 험하고도 가파를 터
힘을 주세요 용기를 주세요
응원의 목소리는 자꾸만 멀어지는데
당신은 당신일 뿐 나는 또 나일 뿐

한없이 외로워지는
울적한 마음들은
어딜 찾아가야 하고
어느 곳에 쉬어야 하나

내가 가는 길이 외롭다 할지언정
짐을 져 고달파도 곁에만 있어 주오
내가 가는 곳에 당신이 없다면
어두운 밤 아래 낙원이 또 무엇일까

마음이 향하고 가슴이 소리치는
내 심신을 뉘일 곳 그 어딘가 있을 텐데
어두운 밤 꼽아 새며 아침만을 기다린다.

# 연필

분홍빛 종이 위의
깨알 같은 우리들 사랑 이야기
조금씩 빼곡히 채워지고 있는 것은
꺼지지 않은 촛불처럼
살아 있는 찬란함이고
그려도 그려도 못내 부족한
내 사랑의 여운이어라

뾰족한 연필심은
찢어지는 고통과
뚫어지는 아픔을 써 가지만
어느새 닳아 동그란 모습
천사 미소의 행복한 얼굴 그리니
그립다 그립다 기다린 마음
내 사랑의 불씨여라

작고 작아져 손에 쥘 수 없어지면
깊은 숲 나무 베어 긴 연필 만들어
드넓은 대지 위에 사랑 글씨 가득 채우고
님의 품에 안겨 묻혀 행복에 살다 보면
외로웠던 내 인생에
백지 같은 내 인생에
그 님은 진한 연필이었어라.

# 대관령

대관령엔 눈이 없었다
대관령엔 양 떼도 없었다

형형색색으로 줄지어서
찌든 세파의 때를 씻는 사람

거센 바람을 친구 삼아
힘겹게 세상을 도는 키다리 풍차

아슬아슬 깨질까 사라질까
마음 타는 작은 연인만이 있었다.

# 친구와 연인

친구는 이른 아침 인사하면 무슨 일이냐 묻지만
연인은 아침 눈뜨기 무섭게 잘 잤냐고 인사를 한다

친구는 아침 식사를 궁금해하지 않지만
연인은 아침을 꼭 챙겨 먹으라 걱정을 잊지 않는다

친구는 단지 좋은 하루 인사를 하고
연인은 오늘 무슨 일을 하느냐며 묻는다

친구는 힘이 들 때 용기를 주기 위해 노력하지만
연인은 힘든 것에 같은 생각 같은 방향으로 힘을 쓴다

친구는 점심을 먹었냐 단지 물어보지만
연인은 무얼 먹었고 맛이 어땠고 얼마나 먹었냐고 묻는다
그리고 또 무얼 하는지 같은 일상도 매일 궁금해한다

친구는 졸리는 오후 시간엔 팔자 좋다 부러워하지만
연인은 졸지 말고 파이팅하라 애교로서 잠을 깨운다

친구는 무조건 멋진 저녁 시간을 응원하지만
연인은 어떻게 멋진 저녁 시간을 가지는지 알고 싶어 한다

친구는 많은 지인과 사회생활을 추천하지만
연인은 누굴 어디서 어떻게 만나는지 꼭 알고 싶어 한다

친구는 하는 일들이 모두 다 잘되라고 하지만
연인은 왜 그렇게 하는지 자꾸만 간섭을 하게 된다

친구는 술 취한 모습의 전화 소리에 측은해하지만
연인은 그 모습까지 받아 주며 잔소리까지 아쉬워한다

친구는 좋은 꿈꾸며 잘자라 인사하지만
연인은 꿈속에서 만나 못다한 사랑 이야기를 갈구한다

친구는 아침에 눈을 뜨면 밝은 햇살을 보지만
연인은 아침 햇살에 섞인 사랑의 모습을 본다.

# 봄 햇살

아침 이슬처럼
살포시 그대 곁에 다가가
따스한 봄 햇살처럼
그대 곁에 머물고 싶어요

눈 비비며 창가에서 앉아
햇살 속의 그대를 기다리며
따스한 봄 햇살 같은
그대 품에서 잠 깨고 싶어요

사랑하기도 짧은 시간
밀어내지 말고
마음의 움직임에 감사하며
따스한 행복으로 살렵니다.

# 약속

찬 겨울비 쏟아져도
빗줄기 소리 따라 님 오신다더니

하얀 눈 앞을 가려도
내 향기 맡으며 님 오신다더니

어둠이 내려앉은 산등성이
빗님은 사라지고
님의 모습도 사라지고

잔잔하던 마음속 바다엔
파도 같은 님 소식에
그리운 눈물 되어 반짝이는데

님 생각에 파랗던 마음속에도
뉘엿이 깊은 어둠이 내린다.

# 보름달

달님은 변덕쟁이
커졌다 작아졌다
밝았다 어두웠다
하지만 믿지가 않네요
작은 모습 어두운 밤 속에
무서우며 지내 온 긴 시간인데
밝은 모습의 오늘에도
자신은 아랑곳없이
누군가의 소원 위해
검은 구름 사이를 애써 비집네요

내 님도 변덕쟁이
웃었다 울었다
조잘거리다 새침하다
하지만 사랑한답니다
힘들고 어두운 삶 속에서
외로워 떨며 온 긴 시간인데
행복케만 살라 기도해도
자신은 던져 둔 채
사랑에 힘들어 지쳐
투정하며 잠들고 있답니다

보름달님 아시겠지
내 님도 아시겠지
애타는 순수한 이 진정을….

# 봄빛 사랑

봄 같은 사랑을 살고 싶어요
저 너머로 전해 오는 당신의 목소리는
봄바람 타고 내 귓가를 어지럽힙니다
소곤대는 그 음성에 마음은 마비되고
내 몸은 봄비 되어 당신께 젖어 버립니다

봄 같은 사랑을 살고 싶어요
수선화 잎 속의 볼록한 속잎을 닮은 입술
그 느낌을 떠올리면 달콤함이 전해집니다
스침만으로 전율이 온몸 곳곳에 물들여지고
내 몸은 감전이 된 듯 당신 속에 묻혀집니다

봄 같은 사랑을 살고 싶어요
더운 여름날 설렘으로 어색키도 만나서
이름 모를 나뭇잎 하나 하나를 사랑으로 물들였죠
흰 눈 내리는 가로등 아래서 소설 같은 포옹을 하며
따뜻한 봄 같은 사랑의 맹세는 지금이 되었네요

봄 같은 사랑을 살고 싶어요
왔다가 금방 사라지는 봄바람인 줄
마음속에 잠시 머물다 여운만 남길 풋사랑인 줄

이제는 사랑 그 이름을 숙명같이 애절함으로 지키고
언제나 포근하고 따뜻한 봄빛 사랑을 하렵니다

봄 같은 사랑을 살고 싶어요
내 생애 무더웠던 날들, 낙엽처럼 외로웠던 날들
내 생애 겨울바람처럼 쓰라리고 시려웠던 날들
그대를 만나 행복한 축복의 시간으로 보상받고
봄처럼 따뜻한 사랑에 하루하루가 꿈속이랍니다

봄 같은 사랑을 살고 싶어요
내 전부의 생을 그대와 같이 따뜻하게 안고서
봄 같은 사랑을 살렵니다.

# 사랑가

장미 가시 우거진 울타리
맨살로 넘어가듯

흰빛 자욱한 안개 속
감은 눈 더듬어 헤쳐가듯

거친 자갈밭 냇가
맨발로 업고 건너가듯

갓난애 가슴 안고
불꽃 화염 속 뛰쳐나오듯

사랑이
조심히 힘겹게 뜨겁게
짙어만 가네.

# 봄

한 해의 봄은 가늠한데
내 생애 봄 찾아 허덕인다

쌀쌀한 일상에 주눅 들고
애절한 사랑 앞에 눈물만이

아서라 두어라
한숨 속에 아침 햇살 놓치고서
어디메쯤 봄이 있나 또 찾아 헤매는지

봄이라네
내 생애 마지막
세월이 가고 만물이 변하고 인생은 흘러도

따뜻한 내 사랑은 언제나 봄이라네.

# 바람

바람이 분다
연분홍 벚잎에도
살랑이는 목련에도
잔잔히 하늘을 지키는 어둠에도
피곤한 육신 깊숙이도
바람이 스친다

사랑이 부른다
구름 위 흐릿한 달을 찾아
검은빛 산 너머 님을 그리며
고요한 강가의 추억에 젖은
가슴 타는 소년의 마음속으로
사랑이 흐른다

하늘거리는 봄바람이
깊은 밤 잠을 타고
꿈 같은 사랑을 노래한다
지친 육신의 늪에
애절한 그리움 심어 놓고
잠은 저만치 사랑이 노래한다.

## 벚꽃

벚꽃을 봅니다
가로등 빛에 어울진
아름다운 봄의 향연
하늘이 흘린 분홍빛 눈물
맘껏 자태에 찬란한 벚잎은
한 줄기 가로등 불빛을 먹고
황홀히도 취한 벚꽃을 봅니다

당신을 봅니다
내 사랑 빛에 살며시 젖은
아름다운 벚꽃 당신
꽃잎을 따다 문 작은 입술
가만히도 아름다운 모습에
나만의 간절한 사랑을 마시고
눈부시도록 취한 당신을 봅니다.

# 그리움

비 오는 날이면
당신이 그립다
당신을 사랑해서 아프고
그리워 또 아프다

꽃피는 봄날
이렇게 비 내리는 날엔
당신이 더 그립고
생각나고 또 생각나고

당신의 웃는 모습이
왜 이리도 보고픈지
만남을 반겨 주고 안아 주며
해맑게 웃어 주는 당신

당신의 미소에
나의 하루도 웃으며
당신 생각에 지쳐 우는
내 하루는 길기만 하다

비가 오고 꽃이 피고
그 꽃잎이 바람에 흩날리면
더욱 그립고 보고 싶다
참 보고픈 당신.

# 사랑 일기

사랑은 일상이고 싶다
그대 만날 기다림에 하루가 즐겁고
설레는 가슴 안고 달려가고
반가운 마음에 따뜻한 포옹을 하고
도란도란 나란히 앉아 밥을 먹고
내용도 모를 드라마를 보며
눈빛이 맞닿으면 키스를 서슴치 않고
몸과 마음의 사랑을 나누며
아쉬운 시간 쪼개어 계절 야화를 찾고
꼭 잡은 깍지 손에 사랑은 꽃보다 아름답다
조금은 바보스럽게 조금은 유아스럽게
유치한 농담과 질투도 즐거운 시간
한잔 가득 유난히 많은 커피에 행복해하며
그대 앞에 내가 있고 내 앞에 그대 있으니
세상의 무엇인들 아름답지 않을까
어두운 하늘 아래 자태를 뽐내는 봄꽃도
환하게 밝히고 서 있는 오색의 높은 탑도
부끄러히 몸을 숨기는 구름 속 달님마저도
모두가 내 사랑의 울타리였음을…
모두가 우리 사랑의 축복이었음을….

# 꽃샘추위

림프의 날갯짓 같은
연분홍빛 가녀린 꽃잎에도

녹을 듯한 부드러운
하얀빛 숙녀의 옷자락에도

따뜻함 사뭇 그리운
봄빛 사랑 이야기 속에도

신의 질투는 머물다 스치다….

# 배웅

잘 가세요 배웅하며 돌아서야 하는 마음
아쉽고 안타깝고 애처롭다 어이하리
먼 곳인 듯 가까운 듯 천리라도 어쩌할까
마음 부르는 소리 따라 님의 곁에 머뭅니다

힘겹게 흔들리는 작은 당신 위로하며
태연한 듯 돌아오는 슬픈 발길 자국 속에
행복한 기억들은 눈물 되어 고이고
사랑한 가슴은 멍이 되어 쌓입니다

긴 이별의 일상 후에 짧은 행복의 시간
익숙함도 병이 되어 아린 듯한 서글픔에

꿈이라도 좋겠습니다
이별 없는 행복함을….

# 라일락

사랑은 머뭇거림입니다
라일락향이 가슴을 스치고서
봄이 가는 애달픔을 알았습니다
매일 아침
분홍빛으로 눈을 메우고
쩡하도록 코끝을 두드리는 향기에도
지난 계절의 꽃향기만 기억했답니다

사랑은 흔들림입니다
바람에 하나 둘 꽃잎 흩날릴 때
봄이 갈까 아쉬움에 바쁘기만 하는 마음
어제도 오늘도
까만빛 머릿속을 메우고
그리움이 가슴속 숨 멎게 짓눌러도
지난 혼자의 시간이라 달램으로 지샙니다

사랑은 고백입니다
눈뜨면 비 온 뒤 햇살처럼 선명한데
금방이라 스쳐 지날 무지개는 아닐까
오늘은 꼭꼭
사랑빛 연정을 눌러 담아
비바람에 지키고선 라일락향 가시기 전
사랑한다 용기 내어 편지를 쓴답니다.

# 일기

지치고 힘이 들면
그대가 그립습니다
다독여 주며 격려하는
그대의 손길이 그립답니다
온몸 가득한 잠을 내치며
잠깐이라도 잠깐이라도
그대의 목소리가 그립습니다
나 이대로 잠이 들면
꿈속에서 그대를 만날까
오늘 하루 너무 힘들어서
투정하고 짜증내도
그대는 웃으며 토닥여 주겠지
세상 누구보다도 강하다던
오뚝이처럼 넘어져도
차라리 즐기자던 내 모습도
그대 앞엔 작아집니다
응석도 하고 싶고
소리 내어 힘들다 울고 싶고
품에 쓰러져 넋을 놓고도 싶고
아! 내 곁에 있을 그대가
왜 이리도 그리운가요
봄바람 강변을 서성일까
까만 하늘 곳곳에

담배 연기 날리고 있을까
나 그대 그리다 지쳐 있는데
그대 손길 받고 싶어
애닯다 슬픈 눈물 글썽이며
겨우겨우 잠들려 하는데
내 곁에 오면…
내 눈물자국 책임지세요
꿈속에서 나를 찾아
꼭 안고 따뜻한 키스해 줘요
행복히 잠자리에 들럽니다
내 약한 육신은
세파에 힘든 질투에
잠의 유혹에 무너집니다
나 이렇게 힘이 들 땐
그대의 사랑이
점점 더 그리워집니다
사랑해서 그리운
행복한 마음 간직하며
힘겨운 나의 오늘 하루
당신께 일기를 보냅니다
기다립니다
둘만의 공간
아름다운 꿈속 꽃길가에서….

# 반달

하얀 콘크리트 기둥에 걸린
빈약한 반달을 봅니다
비추듯 말 듯 가녀린 빛에도
세상은 당신의 먼 모습을 믿고 살지요

지워진 반쪽 가슴 채우려
무섭고 적막한 어둠 속 님을 봅니다
희망으로 아침을 기다리는 용기
한 밤이 지나고 또 한 밤을 기다리는 당신

금세라도 밝게 웃을 반달의 모습
그 속에 당신의 반쪽을 봅니다
허약한 님 내일은 가득찬 축복 믿으며
작은 당신 향해 사랑을 노래합니다.

# 쉼

몸을 기대고 싶다
맘을 추스릴 수 있게

맘을 기대고 싶다
몸이 쉴 수 있게

그리고 회복하고 싶다
긍정을 찾아서….

# 300

한 걸음 한 걸음
의지하며 걸어온 어느덧 삼백 걸음
첫걸음 내딛은 숨은 달빛 강가에 앉아
쉴 곳을 소망하며
님의 향기를 음미합니다

설레임으로 만나고
떠는 가슴 부끄러워 긴 숨으로 숨기며
낮은 바람 잡초의 노랫소리에
사랑을 소망하며
소리 없이 웃고만 있었지요

걸어온 짙은 발자국엔
바람에 흔들려도 기대선 믿음이
돌부리에 넘어져도 손 내밀던 사랑이
추억을 소망하며
소중하게 차곡히 쌓아 봅니다

천 걸음 만 걸음
안고 업고 갈 길이야 멀다지만
보고파 그리운 마음 눈물마저 행복 삼아
쉴 곳을 소망하며
살금히 님의 손 잡아 봅니다.

# 작은 이별

님을 두고 떠나오는
애절한 숯덩이 마음에야
이별 없는 천년 약속
다지고 또 다져도
내 무슨 죄요 님 또한 무슨 죄인가

가슴은 님의 품에 남겨지고
공허한 머릿속만 돌아오니
무거운 수레야
야속타 쉴 줄도 모르고
까만 어둠 속 작은 달빛만이 위로하네

한 모퉁이 한 모퉁이 굽이쳐도
님의 향기 내 안에 가득차고
포옹하던 가슴 전율
내 안에서 요동치는데
깍지 끼던 손은 눈시울을 훔친다

어둠이 녹아 내릴 아침에서야
따스한 햇살 따라 님의 소식 들려줄까
그립고 보고 싶다
사랑 이야기 가득 담은
이별 없는 천년 약속 행복의 편지.

# 망초꽃

난 저 꽃을 제일 좋아해요
왜 하필 저 꽃이야
나를 닮았어요

망초야 넌 왜 하필 망초냐
보살펴 주지 않아도
어느 곳에 가도
순수한 한결같은 맘으로
나를 향해 방긋 웃는 너

이제부터 좋아하지마
저 꽃은 번식력 강해
농사를 망친다 해서 망초꽃이야
그러니 좋아하지마
그래 알았지?

그런데도
밀어내려고 해도
자꾸만 가련하고 예쁘고
순수한 너를
미워할 수가 없다

어디서나 언제나
이맘때쯤이면
널 볼 수 있어 네가 좋다
널 비난해도 무시해도
난 네가 참 좋다.

# 당신의 의미

그리움을 고이 건네면서
눈물났던 가슴속 이야기
보고 싶다 애타게 말하면서
마음 먼저 달려가던 모습들이

자꾸만 허튼 가식처럼
방향 잃고 나대는 고장난 네온처럼
텅빈 내 마음을 따로 둘 데 없어
눈뜬 듯 감은 듯 뒤척이고 잠못 이루네

흐르는 시간 부여잡고
슬픈 마음 전하려 애걸도 하건만
먼 곳 스치듯 기차 철길 소리 마냥
가로등 빛은 어둠을 녹여만 가는 시간

야속한 가슴으로 외치듯 불러 본들
빗소리마저 흘기며 내 맘을 저어하니
날 밝은들 빗님이야 그칠 리 만무하지만
님의 거친 마음 빗물에 곱게 씻게 하소서

세상사 힘들어 넘어지고 쓰러져도
인생사 오해와 실수 속에서도
용기 내어 일어서 사랑을 갈구하는 건
그 의미는 오직 당신인 것을….

# 발자국

검푸른 밤바다
하 많은 사연의 바람이 그리고 간
고운 모래 모자이크 위 내 그림자
까맣게 훨씬 커 버린 그림자
희미하게 나를 따라 움직이고
발 들어 살며시 자국을 만듭니다
힘들었던 시간에
삶의 무게인 양 깊이 패이는 발자국
흘러간 시간들 모래 바람처럼 스쳐 흐르고
살며시 다시 자국을 찍어 봅니다
이젠 내 생이 가볍고 부드럽기를
모나지 않고 평범하기를 기도하면서 …
파도가 하얀 이를 드러내며 웃어 줍니다
깊던 발자국도 작은 먼지를 안으며
서서히 내 안에 스며들고
어느새 그 자리엔
또 다른 바둑판 그림이 그려지겠지요
내 작은 발자국이 지워진들
지나온 힘든 시간 어찌 잊으리오
가슴에 새겨진 깊은 고통 어찌 잊혀지리요
기도합니다

내 발자국 곁에
내 다른 운명의 발자국을 찍어 주기를
나보다 더 크고 나보다 더 길고
나보다 더 온화하고 나보다 더 화사한 웃음을 가진
나의 같은 분신이 가만히 자국을 찍어 주기를
희끄레한 나의 그림자는
어느 긴 그림자에 쓰러질 듯 기대어 쉬겠지요
두 개의 발자국
모양도 크기도 다르지만
절룩이며 안고 업으며
천천히 이 모랫빛이 끝나는 곳까지
발이 닳아 발자국이 없어질 때까지
초록 바다와 하얗게 빛나는
푸른 파도의 갈채를 받으며
우리의 그림자 놀이는 끝나지 않으라….

# 바람

바람이 분다
하늘하늘
내 나무는 우직한데
잎들은
소리 내어 흔들리네.

# 밤

세상은 쉬려고
까맣게 눈감는데
뇌리를 감도는
하얀빛을 어찌하리
새기다 새기다
지쳐 또 새기다….

# 광한루

광한루원 거니네라 옛님들 동경하다
오작교 건널 적에 깍지손 동여잡고
사랑아 애달픈 사랑 어찌 한낱 꿈만이리.

# 그 사람

비를 동경하던
그 사람
빗소리를 동경하던
그 사람
빗방울 수 만큼이나
사랑한다는
그 사람
이렇게 비가 내리면
창밖을 보며
살짝 센티해져 있을
그 사람
보고 싶다
눈시울이 따뜻해지도록
사랑한다
그 사람.

# 자장가

메마른 세상 위에
내동댕이치듯 내려지는
구슬 같은 빗방울 속을
피곤한 육신은 달린다
깊은 밤 어둠을 가르는 불빛
부서져 하얗게 흩날리는 물안개에
어렴풋한 님의 모습
가만히 내 귓전에 불러 보는 이름
사랑하는 내 님이여
꿈속길 그곳에서 기다릴까
벌써 만나 사랑을 속삭일까
차 소리 빗소리 내 부르는 소리에
한번은 뒤척일까
텅빈 공간에…
오늘은 유난히도 큰 집
오늘은 유난히도 외로운 집
곳곳에 님의 체취 가득한데
부르고 싶어도
또 뒤척일까 마음만 애태우네
포그니 사랑 따뜨니 사랑
행복 안고 곤히 코코…

몸을 누이고 마음을 누이고
이젠 꿈속 길을 달린다
차 소리 빗소리 시끄러워도
님 계신 곳 그리워
바쁜 마음 애써 잠을 청하나니
내 사랑하는 님이여
그곳에서 잠시만
잠시만 외롭기를….

# 길

내 가는 길
지치고 힘들어도
그대 있으면 좋겠어요
내 가는 길
외롭고 허전해도
그대 있으면 좋겠어요
내 가는 길
어둡고 막막해도
그대 있으면 좋겠어요
내 가는 길
험하고 가팔라도
그대 있으면 좋겠어요
내 가는 길
불 꺼진 방이라도
그대 기다리면 좋겠어요
내 가는 길
아무곳 어디메라도
그대 볼 수 있으면 좋겠어요
내 가는 길
오직 그대 사랑 있다면
내 숙명 전부 맡기고 싶어요.

# 그리움

그대는 어디 있나요
보슬비 흩날리는
뿌얀 창밖 저 너머 먼 곳에
숨막히듯 우거진
콘크리트 숲을 지나
안개 자욱한
희미한 저 산 너머에
그대는 있나요
그대는 웃고 있나요
가슴 저리도록
그리움에 떨고 있는
나는 울고 싶은데….

# 사랑가

누군가 사랑을 이야기한다
사랑은 쟁취하는 거라고
환경이나 처지를 극복하고
오직 사랑을 위하여
나 자신의 행복을 놓을 수 없어
무조건 쟁취하는 거라고

누군가 사랑을 이야기한다
사랑은 단지 주는 거라고
그 사람의 행복을 기준하고
오직 그 사람을 위해서
내 행복 따윈 던져서라도
사랑은 단지 주는 거라고

사랑 참 어렵다 한다
주려만 해도 받고 싶은 욕심
그 사람의 나은 행복에 콩깍지를 씌우고
내 행복을 안아 달라 간구를 하고
우리만의 행복만 기억하자는
이기적 사랑의 늪을 동경한다

진정 사랑을 들려주려나
장밋길 행복으로의 축복인지
같이 갈 가시밭길 사랑의 동행인지
주위 가득한 사랑의 흔적 앞에
이별 없는 사랑을 약속하면서도
진정을 갈구하며 그 이름을 부른다.

# 내일 일기

무더위는 세상을 태우고
갈등은 사랑을 애태운다
갈라진 대지에
소나기를 기원하듯
먹먹한 가슴속은
웃는 모습을 그리워한다

밤빛을 가르는 차 소리
무슨 얘긴지 모를 티비 소리
답답한 마음속만 타는 소리
더위에 잠 못 이루고
세상 소리에 잠 못 이루고
애절한 사랑에 잠을 못 이룬다

이른 아침을 맞고 싶다
새로운 태양이 뜨거워지고
정신없이 세상이 바삐 움직이는
어제의 힘든 시간일랑 잊고
뜨겁도록 사랑이 부활하는
내일의 아침을 기다린다

사랑이여 안녕히
오늘의 서러움과 이별하고
가슴속 진정을 소중하게 기억하며
아픔과 설움은 어제에게
사랑과 운명 위해 내일을 기약하고
손길 모아 토닥이며 자장한다

포근히 포근히 꿈길로 가자
네가 있고 내가 있는
징검다리도 건너고
가시숲도 헤쳐나고
망태꽃 축복하는 초원도 지나
아름다운 꽃길에 행복도 하며

내일엔,
두 손 잡고 웃으며 노래하자
멋진 꿈속 이야기 밤이 새도록….

# 사랑 한 살

그해 여름
내 사랑을 잉태한
운명의 계절

설레임
두근두근 가슴속
비 오듯 젖은 마음속
그 소년의 내 모습

천사의 발걸음
또닥또닥 살포시
수줍은 듯 고개 숙여
미소 짓던 첫 모습

어색하리 만큼
반갑고
눈물나리 만큼
고맙고

늦은 인연에
아쉬운 한숨들로
옛 추억에
가슴 치는 후회들로

잠 못 이룬 나날들
그리움 지친 모습들
조금씩 조금씩
사랑의 씨앗 되어

곁에 있어도
보고파 애절하고
헤어져도
그리움에 안타까워

이별 없는
행복만의 소풍 위해
하루 또 하루
수없는 시위를 당기고

현실 앞에
주저앉아 울어 보기도
꿈만일까
슬픔을 토해 내기도

새 생명 안고 난
어린아이 백일같이

건강하라 다독이는
이백 그리고 삼백일을

울고
웃고
미워하고
사랑하고

수없는
시기와 질투
잡은 손 놓칠세라
어루만져 몸 안고서

첫돌 애기
넓은 세상 속으로
첫돌 사랑
밝은 축복 속으로

눈을 뜨면
온 세상 가득한 모습
눈을 감으면
온 우주 속 네 모습

10년이고
100년이고
다음 또 다음 생애
다시 또 당신을

이 여름은
내 사랑을 낳아 준
숙명의 계절.

# 생일

하얀 세상에
작은 촛불처럼 나타난
귀여운 막내둥이 당신은
축복이었습니다

애달픈 울음소리
나팔꽃 같은 눈웃음
앙증스런 몸짓의 당신은
기쁨이었습니다

엉금엉금
아장아장
폴짝폴짝
새침새침

예쁜 모습으로
착한 모습으로
사랑스런 모습의 당신은
행복이었습니다

일찍이도
부모님이 떠나시고

일찍이도 엄마가 된 당신은
희망이었습니다

힘든 세파에
가시 속 장미를 향해
온몸 상처 가득한 당신은
여신이었습니다

밝은 햇살 속에
티없는 감성으로 내게 온
30년을 거슬은 소녀 같은 당신은
사랑이랍니다

축복 속에
기쁨과 행복만을 선사하던
아름다운 당신이 세상에 오시던 날
바로 그날이네요

고맙습니다
감사합니다
사랑합니다
이 세상에 당신이 와 줘서….

# 성주호

빼곡한 초록빛 녹음이
나를 향한 그대의
마음 빛이라면

호수에 비친 그 반영은
그대와 영원히 함께할
내 사랑 빛이라오

성주호를 지나며….

# 하나 되기

하나는 외로워 둘이라지만
둘은 하나의 영혼이 되기 위해
수많은 아픔들을 잉태한 채
오해하고
다투고
인연의 벽마저 흔드나니

서로 다른 사회로
살아온 세월이 수십 년
먼길 돌아 힘들게
겨우 만난 닮은 모습의 당신
둘이란 안타까움을 넘어
하나가 되기 위한 절규는
살아온 세월의 벽에
바람 잦을 시간이 없네

온실 화초 같은
아침 햇살만 같은 모습으로
맨손 가시넝쿨 헤치며
모난 자갈밭 맨발 건너온
지친 당신을 안으니

당신의 가시 박힌 가슴 앞에
내 가슴 따갑다
어찌 시늉이나 할 수 있으리

다투면서 서로를 배우고
눈물 흘리며 서로를 이해하고
다시 또 얼굴을 마주할 때
조금씩 또 조금씩
사랑이 영글어 감이
이제는 어색치만도 아니하네

다른 곳에 뿌리를 두고
서서히 한 몸으로 우뚝 안고 서는
연리지 나무들도
긴 세월 얼마나 풍파의 시기를 받았을까

서로 같지 않는 모습으로 만나
부와 명예와 환경의 벽을 넘어서
둘이 아닌 하나가 되는 인연이란
어찌 시기와 내면의 갈등 또한 없을까

오늘의 힘든 시간이 지나고
내일 아침의 여명을 기다리며
두 손 잡고 토닥이며 꿈꾸다 보면
밝은 태양이 세상을 내려볼 때
어느덧
우린 하나의 그림자로 있겠지요.

# 차나무

나는 그대의 차나무가 되리니
옮겨 심을 수 없는 차나무

아침이면
향긋한 차향으로 사랑을 깨워
향기로운 하루의 시작을 알리고

저녁이면
고단한 하루 안식처가 되어
하루의 일과에 기쁨을 담아
그대에게 드리는 휴식이 되리니

한번 심은 차나무
옮겨 심으면 죽는다는 차나무가 되어

그대 곁에서
아침을 깨우고
저녁을 재우며
그런 사랑으로 살리라.

# 늦여름

여름은
정열의 장미와도 같이
세상을 아름답게
사랑을 뜨겁게
그 빛으로 앞을 가린다
때론,
메마름의 눈물비 되어
대지를 적시고
사랑을 아프게 울리고
그 방울이 앞을 가린다

가을은
평온한 국화와도 같이
세상을 풍요하게
사랑을 온화하게
노란빛이 앞을 마중한다
때론,
뜨거웠던 여름을 그리고
꺾여지는 아픔에도
고개 숙인 사랑을 동경한 채
먼 곳 가을이 다가온다.

# 귀뚜라미

피곤한 심신에
바닥을 등지고 누워도
도대체 잠이 오질 않네
창밖 시끄러운 차 소리에
바닥이 울리고
자꾸만 밀쳐내는
님의 싸늘한 목소리에
가슴이 운다

가만히 귀기울이면
벌써 가을인 듯 귀뚤귀뚤
시끄런 차 소리에 묻혀서도
얼마나 애타게 외쳤을까
듣지 못했다
그저 시끄런 차 소리만 들었을 뿐
어딘가 숨어 그토록 외치는
가을의 알림을
작은 귀뚜라미의 노랫소리를

인생사 세상사
뭇 사람들 다 그럴까

나만의 소리를 듣고 의지할 뿐
조용히 숨어 외치는
진정의 맘 소리가 들릴까
외치다 외치다 사라지는
귀뚜라미의 소박한 전설은
그래
잊어도 좋겠다
아니
같이 노래하며 속삭이며
잠들고 싶다.

# 사랑

밤이 어두울수록
별은 더욱 반짝이고

구름이 방해할수록
달은 더욱 빛이 나고

비 온 후의 태양은
무지개를 만들고

힘들고 아플수록
사랑은 더욱 아름답고

기다림 후의 사랑은
더 큰 축복이요 기쁨이어라.

# 가을 손님

가을이 왔어요
국화꽃을
한 아름
두 아름
열 아름 사서
가을 단장을 했어요

고운 님이
손님이 오신다네요
가을과 함께
추억도 꿈도
행운도 행복도
같이 오신다네요.

# 큰 나무

큰 나무에 걸린
나뭇잎 같은 사람들도
저마다
하많은 사연 안고 산답니다

하늘하늘
연약한 몸들
가지에 의지하고 기댄 채
이리로 저리로
몸을 던져 흔들리며…

내일엔
낙엽 되어 사라지지 않고
살아 있음에
또 감사하겠지요

누구나의 잎들은
작은 상처를
조금씩은 안고 살아갑니다

힘들어도
아파도

끊어질 듯 피곤해도
가족이 있고
친구가 있고
사랑이 있기에…

이 밤을 앓으며 자고 나면
내일은
새로운 기운이
짙어진 사랑이
찾아올 거예요

흔들리는 잎에
가지가 되어 줄게요
꼭 잡고 즐기세요

힘든 당신께
자리가 되어 줄게요
편히 쉬어도 좋아요

그대의 피곤한 육신을
치친 마음을

다시 부활하는 기운
사랑입니다

가지들이
잎을 안은 사랑이라면
난 그대에게
큰 나무랍니다.

# 가을비

가을비
소리 없는 보슬비
빗속 너머에
추억이 희미하고
빗물 장막엔
님의 모습이 흐르네

가을비
님 그리운 사랑비
스치듯 아련하게
애만 태우고
심장 깊은 곳으로
그리움 가득 흐르네.

# 가을 햇살

아침 햇살이
부끄럽게 눈을 뜨웁니다
세상이 잠들어 있을 때
가장 먼저 일어나
아침의 창을 열었을 태양님

보랏빛 사랑 나무가
빛을 받아 반짝반짝
더욱 사랑이 그립게 합니다
일어나고 싶지만
피곤에 지친 잠꾸러기
누가 볼까 놀릴까
살며시 돌아누운 방 안 가득
가을 햇살의 향연입니다

햇살은 저마다
사랑을 하나씩 안고서
내 사랑은 누굴 줄까
내 사랑은 누굴 줄까
조잘대며 또 나를 재촉합니다

사랑들이 도망갈 수 없게
문을 닫을까요
아니아니
고운 사랑 모두에게 나눠야지
얼른 잠을 깨고
마음을 깨어 흔들어
자 나서야지
사랑 만나러….

# 둘

둘의 힘이란
이런 것인가요
하나가 아닌 둘이랍니다
둘은 가슴 깊이 사랑을 했어요
느껴져요
삶이 지치고 힘들게 하여도
우리 함께하기에
행복하게 모두 해낼 수 있어요

가을 이 좋은 계절에
멋진 여행을 못하고
예쁜 꽃들을 못 보아도
가을 하늘이 맑고 높고 파란 것은
사랑하는 이와 함께 있기에
힘든 일에 지치고 피곤해도
그 또한 우리 사랑이 함께하기에
마냥 아름답습니다

내일은 나란히 어깨 기대어
따스한 봄 햇살처럼
망망대해 가을 하늘처럼

좋은 일들만 가득히
우리들 사랑 노래를 하겠지요
내일은 세상 모든 이가
따뜻한 미소와 축복으로
우리들 사랑을 반기겠지요

우린 영원히 둘일 테나….

# 란타나

네 고향 아메리카
흔한 게 죄인 양
눈길 손길 소외받는
한낱 잡초로 지냈던가

외로움에 지쳐
사랑이 그리워
매번 다른 빛 꽃을 피워
칠변화로 불리던가

질투에 사무쳐
잎은 거칠고
검은 열매는
독성만이 가득하네

네 모습을 보노라니
님 생각에 눈물난다
외롭고 힘들게
홀로 서서 살았을 님

아름다운 모습 뒤에
무섭고 차가웁고
귀엽고 사랑스럽고
님 또한 칠변화라네

모습이 변한다고
마음이야 어찌 변할까
고맙고 사랑한다
나는 변치 않는다는

너의 꽃말처럼….

# 초가을밤

잠 못 이뤄 뒤척인다
창문을 노크하는 가을 소리에
살며시 열어 보니
그곳엔 작은 가을이 웃고 있다
긴 여름내 함께 숨 나눠 쉬며
외로운 내 생에 친구 같은 화초들이

잠을 쫓으라 질투한다
베란다 가득 화초들의 조잘거림에
살며시 창 닫으니
새 친구 국화들이 삐쳐 입술을 깨문다
완연한 사랑을 기다리듯
가득히 망울 물고 구애하는 소국들이

초가을 바람 서늘해도
열지도 닫지도 창문만이 안절부절
화초 같은 내 생에 사랑이여
망울 가득 국화 뒤에 잠시 숨었다가
가을 익는 내일 곧 내일에
그 꽃 활짝 웃으면 사랑님도 오시겠지.

# 늦가을

가을이 떠나려 하네
찬 겨울의 위엄 마중 앞에
숲속 낙엽을 밟아 건너
저만치 저만치
가을이 떠나려 준비를 하네

마지막 발악인 양
산천은 검붉게 화끈거리고
어린아이 꼬까옷 같은
길바닥엔 노란빛도 가득하고
바스락바스락 쓸쓸함만 남아 있네

아름답던 가을의 단장은
하나하나 낙엽 되어 고개 숙여
찬 서리에  힘없이 숨죽여 움츠리고
모두 떠나는 길목에 동행하며
가을도 자꾸만 떠나려 한다네.

# 가을이 온다

찬 빗소리 너머
겨울 소리 들린다
바람에 날리고
인적에 찢어지고
쪼글히 늙어 버린
낙엽의 초췌함에
이미 가을은 어제인가

겨울비 방울 속
가을 무늬 아련하다
못다한 추억 챙기고
멋진 겨울님 맞으라고
가로등 빛에 눈이 부신
길 잃은 노란 단풍
겨울 채비 여념이 없다

아름다움은 잠시
가을도 잠시
겨울도 잠시
인생도 잠시
사랑도 잠시려나…

알록달록 단풍 세상
흰눈이 가둔 하얀 세상
포근한 햇살 싱그런 세상
뜨거운 정열 태양의 세상
매일을 해후하는
사랑빛 우리 세상

불변의 사계를 따라
가을이 간다
겨울이 온다
인생이 간다
사랑이 온다
아니 다시 가을이 온다

불변의 사랑을 기억하며
가을이 온다
잠시만….

# 욕심이란

욕심의 끝은
어디일까요?
딱 하나만 더
가지면 좋겠다

그런데
가지고 나니
또 하나가 더
가지고 싶네요

그래서 또
가지고 나니
또 다른 하나가
유혹하네

버려야 행복인 걸
만족해야 행복인 걸
내내 알면서도…

사랑이여
권력이여

재물이여
그래 여기까지만

그리고 행복만 하자.

# 선물

하나님은
사랑을 주셨다
그리고 시련도 주셨다
아프다 지쳐
사랑을 놓치곤
후회를 한다

시간은
가을 지나
겨울 같은 것
그리고
봄과 같은 것

나름의 마력 앞에
잠깐 숨 새
허무를 안는다
눈물에도
하소연에도
돌이킬 수 없는…

사랑은
시련을 이기지 못한다
후회를 잉태한 채
허울로 시간을 죽인다
행여나…

하나님은
사랑을 주셨다
그리고 축복도 주셨다
그대와
그리고 나
눈물없이 살라 하고….

# 그대라면

올겨울
그대와 함께라면
거센 추위가 기승을 부려도
따뜻하기만 할 거예요

올겨울
그대와 함께라면
어떤 시기와 고통이 닥쳐도
행복하기만 할 거예요

올겨울
그대와 함께라면
하나 된 우리 연리지 사랑을
눈처럼 전파할 거예요

올겨울
오직 그대라면
시리고 아리던 내 힘든 삶을
따뜻하게 할 수 있어요
그대라면….

## 바쁜 아침에

하얀 눈 흩날리다
창문에 몸 던져 유혹하고
화단엔 질투 가득한
계절 잃은 꽃들의 수다 소리

언제부턴가
눈 내리면 더욱 그리운 사랑
언제나처럼
향긋한 아침 사랑을 전하는 꽃들

내 사랑보다 더
행복을 안겨 주는 사랑의 텃밭이여
봄이 아니어도
빨간 네 자태가 너무나 아름답다

내 마음보다 더
사랑을 전하는 흰 눈 속의 님이여
천리 먼 곳이어도
그 모습 영롱하니 찾을 수 있다네.

# 앵초의 겨울

네 고향은 봄이었지
5월의 장미
그 엄마의 엄마의 엄마
장미의 원조런가

넌 행운의 전령사
보물섬을 여는 열쇠
그리고 또
번영의 이름도 있었지

따뜻한 발코니에 앉아
겨울 나들이를 하네
이곳은 네게
언제나 봄이런가 보다

춥고 바람 드세도
나의 쉼 공간 우리 집
이곳은 내게도
언제나 봄이란다

나를 닮은 앵초
겨울 속을 헤쳐 살아도
밝은 모습의 아름다움
넌 나를 닮았구나

봄이 오면
밖으로 힘껏 달리자
지금은 따뜻한 품속에서
행운과 번영의 꿈을

꼭 잡고 놓치지 말자.

# 선물 1
―사랑


내가 사랑에 빠진다면
그대여 내게
향수를
선물해 주오
단 한 사람만을 위한
향기로
유혹하고 싶답니다

내가 사랑에 빠진다면
그대여 내게
립스틱을
선물해 주오
단 한 사람만을 위해
나의 입술을
가꾸고 싶으니까요

내가 사랑에 빠진다면
그대여 내게
안경을
선물해 주오
당신 먼 곳까지 바라보고

나의 마음을
열어야 하니까요

내가 사랑에 빠진다면
그대여 나를
조금만
사랑해 주오
나를 위한 당신의 사랑보다
나의 사랑이
더 넘치고만 싶답니다.

# 기도

눈비 내리고
찬바람 휘몰아치는
살얼음 눈길 언덕을
맨발로 걸었다

시릴 시간 없이
아프다 말할 곳 없이
힘들다 하소연 못한 채
체온으로 홀로 섰다

녹아 내리던 눈물은
운명의 생명수라
검게 멍든 몸둥이는
외로운 삶의 상처런가

힘든 길 건너오니
시린 아픔들 가득하네
후회마저 삼키며
눈물도 몰래 가슴만 운다

혼신 던져 산 생애
이젠 평온을 기도하리오
비단길 아닐지언정
외로운 길 아니기만을….

# 11시

재깍재깍
11시가 가까와 오면
누군가의 굴레로
혼자가 아닌
둘의 공간으로 찾아갑니다

구속과 속박
11시는 그런 것이어라
혼자가 아닌
둘일 수밖에 없는 약속
차라리 행복이라 부릅니다

긴 시간의 하루
아니 짧은 시간 사연 속에
혼자가 아닌
둘이 되는 행복한 시간
먼 곳 생각에 몸을 띄웁니다

언제부턴가
11시는 아쉬운 익숙한 시간
오늘도 난

욕망과 취운을 달래 보며
힘든 시계를 쓸어 봅니다

내 소중한 당신
근심 걱정의 11시를 보겠지요
내 약속은
당신 애태움의 벗이요
당신 사랑의 징표랍니다

사랑인가요
작지만 당신과의 약속이기에
사랑해요
나 할 수 있다는 게 있어서
나를 움직이는 당신이 있어서

눈 감아 보며
꿈속의 당신 소원합니다
언제든지
11시를 같이할 수 있다면
또 12시를 같이 기다릴 수 있다면….

# 사랑이란

사랑은
계산하지 않는 것
어제는 얼마나 사랑했고
오늘은 얼마나 사랑했으며
내일은 또 얼마나 사랑을 할지
하지만,
얼마나 사랑을 받고 사는지

사랑은
아낌없이 내어주는 것
다 주고도 더 주고 싶고
줄 게 없어 가슴 아프고
세상의 공기마저 싸 주고픈
하지만,
그저 주는 것에 행복에 겨운

바로 당신께입니다.

# 비

나를 막는다
창 가득한 빗방울이
흐리게 더디게
안개처럼 자욱하게

헤쳐도 헤쳐도
마음속 깊을수록
은하수처럼 깊은 반짝임은
사랑빛이리라

한 발 한 발짝 내딛는 길이
마음의 자유인가
사랑의 속박인가
내 생애 기쁨이련가

내리치는 빗방울은
아프지 아니한데
빗속 그리운 환영 따라
아린 가슴은 사랑일 거야.

# 그리움

이른 아침 창문을 여니
당신 그리움이 밀려드네

상쾌한 기분 마음을 여니
당신 생각이 사무친다

눈뜨는 이른 아침
먼저 생각나는 사람
그 사람이 사랑이라는데
당신이 보고 싶다

이 행복한 아침에
당신 그리움과 함께
굿모닝 사랑아….

# 발렌타인데이


달콤한 초콜릿
부끄러미
내민다

내 마음
그대를
사랑한다고

아직 다 못 다한
내 마음
받아 달라고

사랑한다
전할 수 있음에
감사합니다.

# 석곡

영롱한 이른 아침
따스한 햇살같이
맑고 순수함을 가진 너

내 맘을 흔들어
쳐다보고 갖고 싶고
향기로 나를 묶어 두는 너

투명하듯 하얀 모습
초롱초롱
대롱대롱
환한 너의 미소가
내 맘 깊은 곳을
혼미하게 흔든다

나만을 사랑한다고
너만을 사랑한다고.

# 봄 내음

무거운 눈 비비며
싱그레이 아침을 뜬다
밀려오는 외로움
여민 창문 사이로
봄 내음 가득히
그리움 실어 수줍은 듯

상큼한 봄 내음
밭으로 가라 재촉하고
쑥이랑 냉이 캐어
가슴 벅차 행복하도록
님이여 봄 향기 얹어
맛난 찬을 내려 한다네.

# 둘

혼자가 아니라
둘이라서 좋아요
강변을 거닐어도
두 손 꼭 잡을 수 있어
둘이라서 좋아요

혼자가 아니라
둘이라서 좋아요
밥을 먹을 때도
도란도란 얘기할 수 있는
둘이라서 좋아요

혼자가 아니라
둘이라서 좋아요
쇼핑카를 밀며
무얼 살까 물어볼 수 있는
둘이라서 좋아요

내 인생 봄날
바로 지금이랍니다
인생을 즐기듯이

둘이 할 수 있는 행복
참으로 행복입니다

오늘도 함께
둘이라서 행복합니다.

# 봄

봄 봄 봄
여기 좀 보세요
쑥이 쑤욱 고개 내밀고
냉이를 찾아 부르니
냉~ 대답하고 올라오네요

저기도 좀 보세요
노오란 복수초가
하얀 눈을 헤쳐내고
싱그럽게 자태를 뽐냅니다

잠깐만요
살랑이는 봄바람에
사랑도 햇살 되어
맘 깊이 비집고 자리하네요

이른 봄을 느끼며
따사롭고 행복한
봄 같은 인생
자연은 언 사랑도 녹인답니다.

# 영원한 사랑

사랑이 식으면 어떡해요?

친구가 말한다
데우면 된다고…

식으면 데우고
식으면 또 데우고…

그렇게 애쓰며
언제나 뜨거운 것

따뜻하게 손잡고
함께 가는 것

식을 겨를없이
사랑하고 또 사랑하는 것.

# 2월

봄이 부끄러이 인사한다
귓볼을 꼬집든 겨울바람
시샘하다 지쳐 도망가고
세상 모든 것이
살아나고 시작하고
사랑씨도 더욱 움틀거린다

창고 속 숨어 있던
씨앗 주머니 찾아보고
녹슨 호미 괭이도 바쁘겠지
횅한 들판에 나아가
밭을 고르고 씨앗을 심고
사랑도 심는 거야 토닥토닥.

# 보고 싶다

힘든 세상에 지쳐
몸이 병들고
가까운 이들의 외면에
마음이 병들고
몸져 누워 아파하는
외롭고 구슬퍼라
꽃샘추위 속 새싹 같은
당신이 보고 싶다

폭풍을 이겨 내고
찬 눈보라도 헤쳐 내어
노란 복수초처럼
생의 꽃도 피우리만
터질 듯 터질 듯
망울만 가득한
아직도 겨울 속 공주님
당신이 보고 싶다.

# 존재

티없이 파란 하늘에
오직 하나
눈부신 태양만이
유유히 거닌다

순수한 파란 마음에
오직 하나
아름다운 그대만이
유유히 헤집는다

따스한 봄볕 아래
그대가 있고
내가 있고
또 더 있어도 없어도….

# 행복

바쁘게 일하는 당신
수고하셨어요
힘들게 일하는 당신
고생하셨네요

오늘 하루만 다…
열심히 일한 당신
누군가를 위해서라면
얼마나 큰 행복일까요

보람된 일의 후예
그리운 이와의 만남
하고팠던 것으로의 휴식
사랑도 활짝 싹 틔워요

자신에게 쓰담쓰담
대견한 자신을 토닥이며
예쁜 선물도 하세요
봄과 님의 소식을….

# 봄비

부슬부슬 봄비 속에
진정이란 마음으로
사랑이란 그림을 그려 본다

아프게 하고
공허하게 하고
뒤돌아 후회하게 하고

봄바람처럼
따뜻했다 차가웠다
갈 길 잃은 꽃샘추위처럼

사랑이란 두 글자
지우기도 완성하기도
참 어려운 그림

노여워도 슬퍼도
사랑이 외로움만 못할까
단지 우울은 지금 잠시일 뿐….

# 화이트데이

하얀 머릿속을
당신 생각만으로
가득 채워
내 영혼을
당신께 바칩니다

하얀 가슴속을
당신 사랑만으로
꼭꼭 채워
내 마음을
당신께 드립니다

봄의 님프처럼
따뜻하고 향기로운 님
소중한 사랑을
달콤한 사랑을
영원히 잊지 말아요.

# 공허

당신과 함께하고
떠나서 그리는 오늘은
왜 이리 공허할까요
왜 이리 우울할까요

바쁜 일상 핑계 삼아
빈 반쪽 가슴 채우려도
봄바람이 스친 자리
당신 아님 아니 되리오

시간이 모습을 흐리고
익숙함이 무정도 하리오만
애타게 해후를 갈망하며
가슴속 연민을 토닥인다.

# 선물

당신 모습이
보이지 않아도
마음속 깊은 곳
내 눈빛은
당신만 보고 있다네

당신 목소리
들리지 않아도
머릿속 한 가득
내 생각 속엔
당신 소리만 들려

함께 있지 않아도
함께 느낄 수 없어도

애타는 가슴속
가득 찬 당신은
내 삶의 행복 여는
소중한 선물이어라.

# 운명


꽃이 물을
운명처럼
좋아하듯이

새가 나무를
터전 삼아
떠나지 못하듯이

세상의 만물이
제자리서
무엇 되어 빛나듯이

당신은 나의
운명이요 보금자리요
아름다운 세상입니다.

# 사랑 참 어렵다

봄 햇살 가득 머금고
화려함을 뽐내던 꽃잎도
세찬 비바람에
흙투성이 나뒹굴 듯

밤하늘 가득 수놓으며
희망을 전해 주던 별들도
먹구름 검은 하늘에
길 잃고 숨어 버리듯

조금만 더 갈망하며
믿고 의지하자던 사랑도
하 많은 일상 중에
초심 잃고 흔들거리는

사랑 참 어렵다.

# 초심

처음엔
눈길을 바랬어요
눈이라도 마주치면
그 행복 밤새 두근거렸죠

두 번째는
손길을 바랬어요
따뜻한 손 스치면
온몸에 열기가 퍼졌답니다

세 번째는
구애를 했었지요
사랑할 수만 있다면
당신이 그 자리에만 있다면

네 번째는
안아 주길 바랬어요
당신의 숨결이 느껴지면
난 힘이 풀려 녹아 버렸답니다

어느새
당신의 사랑을 갈구합니다
나의 사랑만큼이나

당신의 사랑을 받고 싶어서

사랑할 수 있어서
행복했던 마음은
사랑을 받고 싶어
투정하고 원망하고

힘든 사랑에 비틀거리고
사랑이 어렵다 푸념하고
힘든 사랑이 더 진실되다고
어려운 사랑이 더 소중하다고

차곡히 쌓아 올린
정성스런 사랑탑보다
비바람 속에서도
지켜 내야 하는 운명의 사랑이

더,
완전한 사랑이리라
초심의 설레임으로….

# 남자란

새에게는
목줄을 하지 마세요
새는 남자와 같아서
작은 공간에
작은 사랑에도
즐거워 지저귀지만
발을 묶고
목줄을 채우면
혼자 날다 지쳐
작은 새장 안에서
떨어져 죽는답니다

새에게는
소리치지 마세요
새는 남자와 같아서
달콤한 소리
말없는 미소에도
세상을 얻은 듯하지만
소리치고
잦은 원망하면
숨을 자리 찾아 헤매다
작은 새장 안에서
갈 곳을 잃는답니다.

# 그리움

달무리 흐르던
검푸른 하늘에도
우리의 시간 열차는
쉬지 않고 또다시
새벽은 밝아만 오는데

봄바람에 옷깃 날리듯
내 맘 나도 몰라
그대 부르는 바람 소리에
눈물 잔 가슴에 머물다
비가 되어 아침을 적신다

해지면 행여나 그대 올까
기다리던 마음 꽃술 되고
새벽이면 사무치는 그리움
이슬 맺힌 꽃잎 되어
그대 곁에 떨어지네.

# 인연

늦봄 끝자락
가슴 시린 그리움은
꽃비 되어 흩날리고

설레이듯 다가온
풋풋한 꽃향기는
바람결에 춤을 추니

그리운 인연 모아
꽃잎 벗 삼아 잊을세라
가슴에만 새깁니다.

# 봄이 간다

아쉬운 듯 뉘엿이
봄이 산등성이를 탄다
태양의 질투를 안고
먼 산 뻐꾸기 소리 따라
봄이 가려 한다

암흑과 우울 속에
내 생애 봄은 언제일까
지났을까 아직일까
세상의 온갖 시험 속에
봄을 찾을 수 없네

이 계절이야
엄격한 자연의 규율 앞에
곧 또다시 찾으련만
한번 지나면 생의 봄날은
또 오고 또 올까나

내 사랑 봄이여
따스한 기억 잊지 말라
하소연도 핑계련가
밉도록 뜨거운 햇살에
가슴이 탄다.

# 라일락

기다려집니다
그대가 내게로 오는 시간이
그대와 함께하는
시간은 마냥 행복입니다
4월의 라일락 향기처럼
5월의 아카시아 향기처럼
은은하게 행복을 안겨다 주는
미소의 천사 당신입니다

오랜 시간을 밀어내어도
밀고 밀어낼수록 다가오는
당신은 천사입니다
괜히 트집을 잡고 덤벼도
묵묵히 화가 풀리기를
기다리며 달래 주는
미지의 들꽃 봄 내음 같은
당신은 천사입니다

얼마나 많이 사랑하는지
시간이 지나갈수록
그의 가슴에 빠져듭니다
이젠 헤매지도 않으렵니다
신께서 내게 주신 선물

소중하게 감사히 받아들여
늦게 만난 인연 오래 오랫동안
더 많이 사랑하렵니다

옆에 두고 챙겨 주고 먹여 주고
더 많이 사랑해 주렵니다
어떠한 고통이 닥쳐도
포기 않고 사랑하렵니다
이전의 안 좋은 모습은 잊고
이후의 당신만을 동경하며
나로 인해 다시는 아프지 않게
사랑만을 하렵니다

4월의 라일락 향기처럼
5월의 아카시아 향기처럼
눈부신 아침 햇살처럼
저녁 하늘에 내리는 별똥별처럼
단 하루를 살아도
아름다운 행복의 길을 가렵니다
아픔과 슬픔도 행복으로 정화하며
남은 생을 오직 그대를 위해
그대 품에서 살아가렵니다.

# 서정곡

까맣게 흐르는 적막 속에
행여 당신이 있을까

작은 빛이라도 밝히면
당신 모습이 보일까

눈을 감을수록
역력한 당신 모습에

돌아누우면
몸이 또 당신을 그리네

영원히 영원히
내 곁에 있어 달라고

내 못난 모습까지
다독이며 안아 달라고

원하고 기도하고
수백 번 용기를 부추겨도

참 사랑하는 당신
아플까 봐 또 망설입니다

은하수 속에 숨어도
그중에 당신 빛 영롱한데

나보고 당신을 찾으라니
시험에 들게 마세요

내가 조금 버리면
당신은 많은 걸 잃을까요

내가 많이 버리면
당신은 모든 걸 잃을까요

지내온 시간보다
아직 챙겨야 할 많은 시간

당신 위해 놓고 싶고
당신 향해 나래를 폅니다

어둔 밤 별바라기
다정한 내 안 당신은 아시는지.

# 8월의 꿈


뜨거운 태양 머금은
한여름 하늘 높이는
높고도 높은지
감히 가늠도 힘들어라

소나기처럼
시원히 가슴 파고드는
당신 사랑 또한
감히 가늠할 수 없었네라

빗속 우산이 되고
뙤약볕 양산이 되고
당신과 함께하는
8월의 사랑이 정겨웠다

하루 해가 길어
걸어도 걸어도 닿지 않을 듯
그리워 그리워
그리워도 당신 곁에 없으니

산과 바다가 하나 되어
기대고 부비고

바다와 파도가 하나 되어
안고 업고 지고

터질 듯 부러워도
애달프다 아프지 않는 건
그리워 울고파도
결코 눈물 흘리지 않는 건

영원히 함께 웃는 내일에
빨간 열매가 익기를 기도하는
8월의 태양을
기억하기 때문입니다.

# 열정

그대의 하루가
피곤해 지쳐 힘이 들 때엔
가만히 앉아 창밖을 보세요
바쁘게 오가는 하많은 사람 속에
열정으로 달리는 당신은
참 아름답습니다

그대의 하루가
후회 속에 한숨이 지어지면
눈을 감고 내일을 느끼세요
평온한 가정과 즐거운 이웃들과
열정으로 살아온 당신은
한가득 웃음입니다

그대의 마음이
나약해져 마냥 울고 싶을 땐
지난 추억을 생각하세요
황홀했던 노을과 유성들의 축복 속에
열정으로 가꾸어 온 사랑은
우리의 행복입니다

그대의 사랑이
외롭고 눈물만이 반짝거릴 땐
우리의 노래를 불러 보세요
사랑해 사랑해 사랑해 수없이 외치며
열정으로 갈구하던 두 눈 속에
당신과 나는 하나입니다.

# 보름달

나뭇가지를 타고
하얀 달이 내려온다

넓은 도화지 하늘에
힘든 세상의 그림자를
하나씩 새기며
내게로 달이 온다

고난과 역경도
시기와 질투와 오해도
녹인 듯 별을 만들며
사랑 빛으로 다가온다

어두운 밤이 지나
태양의 시련도 이겨 내고
또 밤 깊어 잠 못 이룰 때면
어디쯤 와 있을까

그렇게 그렇게
손에 잡고 안을 때쯤이면
따뜻한 보름달이겠지
아름다운 사랑이겠지.

# 8월은

세상을 구워 버리듯
이글이글 화난 태양빛이
부디 세상의 필요 빛이기를

목마른 이의 가슴에
생명수로 다가오는 소나기도
부디 세상의 단물이기를

빛과 물로 하여
온 세상은 풍요로워지리라
훗날의 추위를 덥게 할
몸과 마음의 양식으로 날지니

콩밭 뒹구는 힘든 아낙네도
고추밭 몸을 끄는 촌노에게도
아! 힘들다 8월이여!
어찌 지나치라 소원할까

더도 덜도 없이
욕심, 갈등, 질투도 없이
초원같이 바다같이
8월은 내일을 준비한다.

# 생일

태양이
하늘을 평정하며
땅 위의 세상을
비추듯이

당신은
소리없이 다가와
어두운 가슴속을
밝혔네요

세상에
첫 울음 울던 날
태양빛은 오늘처럼
강렬했어라

꽃송이가
빛의 생명으로 자라
마음을 심쿵하게 하는
사랑이 되었네요

이 세상에
태어나서 고마워요

우리 곁에 인연이어서
감사합니다

사랑이
축복 속에 태어난 당신
이젠 뜨거운 사랑으로
꽃피웁니다.

# 당신이길 원합니다

아침에 일어나 눈뜨면
부시시한 얼굴 비추는 햇살 속에서
헝클어진 머리 손으로 빗어 주며
이마에 입맞춤하고픈 사람이
꼭 당신이길 원합니다

향긋한 모닝커피에
샤르르 녹는 설탕처럼 부드럽게
달콤한 커피향 가득 머금고
잠 취한 입술에 키스하고픈 사람이
꼭 당신이길 원합니다

어느 따스한 봄바람에
내 마음과 영혼을 빼앗긴 채
온통 설레임으로 살았지만
이제는 사랑한다 하고픈 사람이
꼭 당신이길 원합니다

작은 포도밭 소녀의 모습이
세상사 모두 안은 눈물의 당신 되어
봄비 같은 따스한 눈물 닦아 주며

꼭 안아 토닥이고 싶은 사람이
꼭 당신이길 원합니다

멀리 돌아 살아온 인연에
앞으로 남았을 수백 년의 세월들을
오늘도 내일도 영원히 함께하는
내 삶의 동반자인 그 사람이
꼭 당신이길 원합니다

사랑합니다, 진정으로…
내 사랑을 받아 주세요.

# 꽃

그대 내 맘에 들어오면
꽃씨 되어 내 맘에 싹틔우면
오래토록 같이할 텐데
꽃이 피고 질 때까지
다시 피고 질 때까지
또다시 피고 지고 피고

그대 내 맘에 들어오면
꽃바람 타고 내 맘을 저으면
내 모든 걸 내줄 텐데
언덕 위에 하얀 집 짓고
알콩달콩 속닥속닥
그렇게 그렇게 사랑 나누며

그대 내 맘에 들어오면
스치는 바람처럼 의지하고
하늘 위 구름처럼 의지하고
내리는 비처럼 의지하고
열정의 태양처럼 감사하며
두 손 잡고 오래토록 살 텐데.

# 여명

사랑이 지나가면
더 큰 사랑이 찾아온다
지금 잠시 힘들어도
이 또한 지나가리라

내 모습이 초라한 듯
마치 생을 다 산 듯
괴롭고 슬퍼하지 말라
모든 아픔도 순간이려니

낼은 더 밝은 태양이
더 웃을 수 있는 날이
구름을 걷고 나오리니
사랑받기에 충분한 그대여.

# 당신과 나는

당신과 내가 다른 이유는,

당신은 나없이 잘살 수 있지만
아니 더 잘살 수 있지만
나는 당신 없이 잘살 수 없다는 것

당신은 큰아들 작은아들
그리고 나의 존재가 남겠지만
나는 부모님도 아들도 가족도 아닌
당신의 존재가 가장 먼저라는 것

당신에겐 나는
없으면 아쉽고 버리긴 아까운
마치 고스톱의 광 같은 존재지만
내게 있어 당신은
없으면 불안하고 있으면 든든한
고스톱 코주부 같은 존재란 것

당신은 이미 사랑을 알고
사랑을 하고 받고 살아왔지만
당신은 내가 사랑을 알게 한
처음이자 마지막 사랑이란 것

그럼에도 불구하고,
우리가 하나여야 하는 이유가
내 사정만 생각하고 고집하는
나만의 지나친 욕심 때문일까….

# 사랑이란

사랑해
사랑해
사랑해
입으로 속삭인다

사랑해
사랑해
사랑해
가슴속에 담는다

사랑을
사랑을
사랑을
실천없이
말과 가슴으로
천만 번 외치고 묻어 두어선

사랑은
결코 이루어지지 않는다.

# 겨울바람

차디찬 바람이
칼날 되어 스치면
깊게 마음이 베이고
눈이 시리게도 춥다

행복은 추위 속에
소리 내어 떨고
살얼음의 마음 안고
행복은 방황한다

찬서리 휑한
고개 숙인 나무들도
눈 녹고 봄바람 불면
파릇 싹 돋겠지
내 마음도 따뜻이
햇살 좋은 봄 올 거야.

# 기도

우리 그렇게 살아요
당신과 나 하나 되어
서로 믿고 사랑하며
두 손 잡고 그렇게 살아요

우리 그렇게 살아요
당신과 나 중심이 되어
주변 사람들 사랑하며
행복도 나누고 그렇게 살아요

우리 그렇게 살아요
어느 누구도 미워 않고
손해 보며 베풀면서
웃으면서 그렇게 살아요

봄이면 씨앗 뿌려
가을이면 열매 따서
돈 생기면 행복도 사고
부끄럼없이 그렇게 살아요

친구처럼 연인처럼
위로가 되고 의지가 되어
하늘이 무너져도 초연하게
꼭꼭 안고서 그렇게 살아요.

# 2부

# 어머니, 아버지

# 어머니

울 엄마는
전지전능하신 하나님처럼
내 마음속 가장 깊은 곳의
같은 하나님입니다

지쳐 주저앉아 있을 때
세파에 거칠어진 손 내밀며
다시 일어나 걸어라
따스한 목소리로 토닥이고
행여 쓰러질까 어깨를 내주시며
든든한 버팀목으로 지지해 주셨어요

울 엄마는
세월이 가져온 힘든 병마 속에서도
당신의 고난은 뒤로한 채
나를 위해 그저 웃는 모습으로
내 고통 내 힘든 삶의 찌꺼기를
다 짊어지고 가셨어요

울 엄마는
긴 시간의 후에 지금에도

내 맘속에 영원히 살아 숨쉬며
그랬듯 웃는 모습으로 지켜 주네요
힘내라 예쁜 딸
장하다 사랑하는 내 딸
기도하고 용기 주고 계세요

오늘은 지치고 힘이 들어
소리 내어 눈물로 불러 봅니다
엄마 보고 싶어요~
엄마 사랑해요~
엄마 잘 살게요~
가슴을 두드리며 엄마가 왔어요….

# 성묘

한 걸음 한 걸음
그리운 마음 재촉한다
마중 나온 도토리와
반겨 주는 산카네이션
바쁜 마음 발걸음에
숨이 차다 어이하리

어둡고 찬
외로운 산속에서
비가 오나 눈이 오나
기다림이 전부인데
한 해의 한두 번
그 해후를 기다릴진데

그리운 마음 담아
한잔 가득 잔 드리고
조촐한 음식 올려
두 손 모아 기도 올리고
조용히 불러 봅니다
어머니, 아버지…

아른한 산새 소리로
보고 싶다 내 딸아
나뭇잎 흔드는 바람 손길로
머릿결을 쓰담쓰담

행복하게 살고 있네요
보여 주려 왔답니다
부모님이 지켜 주세요
축복받으러 왔답니다
너무 따뜻합니다
두 분의 품속에 앉으니

돌아오는 길 막아서서
선물을 주시네요
진갈색의 반짝반짝
나를 닮은 알밤송이
축복의 선물 한 알 한 알
지키며 살렵니다.

# 고향

내 고향 무릉동
가을 들판엔 황금빛 돌아오고
촌노들의 거친 숨소리에
한가득 풍요함 가득한데
찾아봐도 찾을 수 없는
무릉동 하늘 위의 부모님

늘 인자하신 미소로
양쪽 가슴을 주고 가신 아버지
먼저 간 자식 생각으로
자식들 앞날 걱정으로
맺힌 한 눈물로 가신 어머니 기억에
애타고 애절한 내 고향

내 고향 무릉동
그리움 가득 안고 찾은 곳
내 나이 오십에서야
나는 이제 알았습니다
그리운 부모님은 먼 곳 하늘이 아닌
내 고향 어르신들 마음에 계신 것을…

간장통 열무김치 떡보자기
좀 더 싸 주라 소리치고 싸우시는
담배가게 어르신들 마음속에 있고
내 딸처럼 반겨 주며
부모님 이야기에 눈시울 붉어져
글썽이는 친구 엄마의 눈 속에 있고

천사의 눈 같은 아버지 모습을 가진
친척 오라버니의 얼굴에 스며 있고
있는 것 다 주고파 안달하며
더 맛있는 밥 못 챙겨 줘
아쉬워 발 동동 구르는
모정 어린 모습에 녹아 있었습니다

내 고향 무릉동
노랗게 물든 황금들판 곳곳엔
꼬불꼬불 골목골목 어귀마다
익숙한 부모님 목소리 가득합니다
늘 찾아나서 부르던 소리
문자야….

# 엄마는 고향

삶에 지쳐
고향이 그립고
엄마가 그리워
별보며 눈물 훔치고
달 속 엄마 얼굴 찾다 지쳐
꿈만 헤매다 찾아드는 곳
울 엄마가 있는 내 고향

지친 육신 챙겨 안고
그리움에 내달은 고향
엄마는,
금이야 옥이야
들어서는 어귀부터
뭐 줄까 뭐해 줄까
이것도 먹고 저것도 먹어라
따뜻한 아랫목에 앉혀 놓고
꼼짝 말고 쉬어 가라 하시던

지친 몸은 쉼이 되고
힘든 마음 회복이 되고
부족한 사랑 가득 채워 주던
내 엄마 내 고향

지금은,
고향도 그 자리에
집도 나무도 그 자리에
꿈길 동산도 그 자리에
엄마를 사랑하는
내 마음도 그대로인데

울 엄마,
엄마만 가고 없고
그 빈 자리 가슴만 운다.

# 그리움

밤새 베갯잇 적시고
몸부림 돌아치며
엄마를 불러 봅니다

다정하게
문자야 하고 불러 주실
엄마 아버지가 그리워
돌아눕고
또 돌아누워도
밤새 눈물만 주루루…

보고 계실까?

한 번이라도
하루라도
밥 한 끼라도
같이할 수 있다면…

보고 싶어요
가고 싶어요
엄마 아버지 곁으로….

# 어머니

엄마는요
마음이다 못해
심장입니다
엄마가 떠나가신 지 20년
이맘때면 분주하게 준비하신
손길이 생생합니다

찹쌀 반죽을 예쁘게 빚어 아랫목에
잘 말려 깨끗한 기름에 튀겨
예쁜 쌀 뻥튀기를 입힌 유가를 만드시고

이것저것 뻥튀겨다가
물엿을 끓여 버물여서 틀에 넣고
예쁘게 먹기 좋게 잘라 강정을 만들고

긴 가래떡 빼다 이고지고
가져와 꾸덕꾸덕 좀 말려지면
한석봉 어머니보다 더 예쁘게
썰어 떡국 끓일 준비를 해 두시고

맷돌에 메주콩을 불려 손수 갈아서
비지를 분리해서

간수를 넣어 끓이고
옆집에서 두부를 빌려다
순두부를 몇 사발 퍼 놓으시고
틀에 넣고 꾹 눌러 짜면 두부가 된다

이맘때면 학교 갔다 달려와
금방 튀긴 유가가 먹고 싶었고
강정 만들기 전 뻥튀기
따뜻한 가래떡 조청에 찍어 먹기
순두부 만난 간장에 타서 먹기

힘들다 고생이다 생각 않으시고
한 달도 더 전부터
준비하신다
방마다 이불호청 빨아
다려 바느질하시고
대청소 구석구석 하시고
객지서 고생하는 자식들
하나라도 더 더 먹이기 위해
준비하신다

엄마 손잡고 김천시내
황금 목욕탕 다녀오면
설 준비 다했다

뭐가 그리 심장을 울려
한 달 두 달 준비하셨을까?
주고 또 주고 다 주어도
무엇 하나라도 더 주고 싶어
엄마의 심장은 그렇게도
울었다!

그리운 내 엄마!
지금은
내 심장을 울게 한다….

# 엄마의 생신

여인으로
삶을 던져 버리고
단지 엄마로만 살으신 당신
코가 땅에 닿도록
행여 자식들 줄 것이 없나
내 몸이 부서져라
온종일 밭으로 산으로
일하시고 또 일하시며

언제나 찾아올까
자식들 챙겨 주랴 준비하며
기다리고 기다리시는
여인으로의 삶은 잊으시고
오늘도 내일도
한낱 엄마로만 살아가시는
자식들의 영원한 안식처
우리 어머니!

오늘만큼은
영화 속 주인공의 여인처럼
행복만 가득 담아 드리고파
오늘만큼은

단지 여인인 당신만을 위해서
마음껏 웃음을 선사하고파
생신을 축하드리며
사랑 가득히 축복을 전합니다
사랑합니다.

# 농심

농부의 일 년 농사는
봄부터 시작이다
거름을 주고
비료도 뿌리고
땅을 골고루 정리한 후
정성 들여 골을 타고
새 생명의 자리를 만든다

논밭이 기름지게
자식처럼 어루만지며
몸으로 함께 호흡하고
무엇 하나인들
그냥 얻어지는 것 없어
하나하나 손을 거쳐
씨앗 뿌릴 준비를 한다

아이고 허리야
아이고 팔다리야…
고통도 잠시 뒤로 미루시고
새싹이 돋고
활짝 꽃이 피면
고단함도 멀리
아팠던 기억도 잊으시겠지

훗날 가을녘에
곡식들 무르익으면
시집간 딸도 보내주고
타향살이 아들도 보내주고
또 하나 주름이 늘어도
해맑은 농심이여
이것이 촌노의 삶이어라.

# 봄 처녀

나물캐는 처녀
봄이 마냥 좋아
칼 하나 들고
호미 하나 들고
까~만 봉다리 하나 들고
산으로 들로
겨우내 숨어 있다
어디서 왔는지
몸에도 좋고
봄 내음 향도 좋은
나물들이
세상 가득하다

냉이, 쑥, 다래,
돌미나리, 머위, 원추리,
돈나물, 두릅, 가죽,
홋잎, 다래순, 고사리
부지런만 하면
봄은 많은 것을
우리에게 선물한다.

오늘은
두릅, 참가죽, 머위
홋잎, 원추리
가득 선물받아
참으로 행복하다네
참 많이 부자라네
자연의 봄은
우리에게
행복과 건강을 선물한다!

고향은 이래서 좋다.

# 봄볕

봄 햇살 맞으며
그 옛날 봄을 기억하네
따사로움 그대로이고
행복함도 그대로인데
늘 옆에 계시던 부모님
당신은 어디에 계시나요

냉이랑 쑥은
지고 또 지고 다시 피어
그 향기 그 느낌 여전한데
따사롭던 부모님의 미소는
봄 햇살 속에 숨어 있고
내 맘속 깊숙이 웅크려 있네.

# 고사리

초등학교 때
엄마 따라
고사리 꺾으러 갔었어요
엄마랑 산능선에서 쉬며
도시락도 먹고
졸졸졸 귀찮게 한 기억
살면서 옛 추억을 느끼며
늘 도전해 보고 싶었어요

오늘은 큰맘 먹고
고사리 꺾으러 갔어요
쉴 시간 없이 여기저기서
예쁜 것들이 반갑게
인사하며 데려가라 하네요
정신없이 꺾고 꺾고
한 가방 가득 채워
내려오는데

행복이 온 가방 가득했어요.

# 고추

여름은 뜨거운 볕을 안고
세상을 하얗게 태우는데
검붉은 고추들은 비웃는 마냥
속살을 꼭꼭 채우고 익히며
장미보다 더 빨갛게 빛을 만들고
밭고랑 고랑이를 수놓는다

낡은 경운기에 의지하며
털털 로터리를 하고 골을 타고
촘촘 골마다 검은 비닐을 씌우며
구멍 뻥뻥 고추의 자리를 만든다
모종을 넣고 조심히 물을 주고
부드로운 흙만 골라 살포시 심는다

골에 지습이 자랄세라
오가며 수없이 보고 또 쳐다보고
비바람에 행여 넘어질세라
말목을 박고 몇 번의 줄치기를 거듭하고
행여 병이 올까 산짐승이 올까
노심초사 촌노는 마음만 졸이더나…

하늘도 무심하셔라
미처 고추가 다 익기도 전에
몹쓸 병이 먼저 촌노의 몸을 찾았으니
저 많은 고추밭은 어찌하라고…
자식처럼 애지중지하시던
저 고추들을 어찌하라 누우십니까…

병마와 이 악물고 싸우면서도
마음만 고추밭에 몸뚱인 갈 수 없다니
애꿎게 집안 식구들만 나무라고
답답하고 애달픈 촌노의 마음은
빨갛게 익은 긴 고추밭길 눈에 선하지만
그게 뭣이 멀다 하고 몸이 갈 수 없습니까

아무리 빨갛게 익어 빛이 난들
당신의 기쁨을 얻지 못하니
온 세상 가득하도록 풍성한들
당신의 마음을 채울 수 없으니…
눈부시게 붉게 물든 고춧골에 앉으니
너무 매워선지 자꾸 눈물이 난다.

# 빈손

나 아기로 태어나
엄마가 손을 처음 잡을 때
나의 손은 빈손이었지
그저 따스한 빈손이었겠지

십자가에 못 박혀
세상의 죄를 지고 가신
예수님의 손도
굳은살 박힌 빈손이었으리

지금 나의 손은
아무 손도 다정히 잡지 못하고
서리찬 가을 들판 볏단처럼
숨죽여 머리 숙여 기도만 한다네

얼음처럼 차고 산처럼 무거운
세상사의 고난이여
무엇을 얻고 어떤 행복을 찾고자
이리도 고뇌의 하루를 사는가

나 아기로 태어나
처음 손을 잡아 준 엄마도
빈손으로 세상을 떠나셨으니
나마저도 두고 가셨으니….

# 겨울비

잊을 수 없는 그리움과
아름다운 추억들을 찾아내고
힘들고 아파 얼었던 세월을 녹여
따뜻한 비가 되어 내리네

병석에 누워 고장난 육신만 탓하시는
사랑하는 아버님 뵈오러 가는 길
저만치서 힘내라 위로하며
겨울비 톡톡톡 눈물로 따라올제

차창에 어리는 네온의 반짝임은
지난 시절의 행복함인가
슬픈 오늘의 쓸쓸함인가
어쩌면 내 눈에 비치는 눈물이런가

이 비가 그치고 나면
찬바람 겨울바람이 오시려나
따뜻한 손 온화한 미소 가슴에 쌓으면
이 겨울도 따뜻하겠지

겨울비
눈이 되어 힘든 세상 하얗게 덮었다가

겨울비
비가 되어 다시 세상을 녹일 때면

봄 햇살 머금은 사랑비로 오셨으면…
눈 위에 핀 사랑꽃

하얗게 꽃잎 덮은 얼어붙은 눈 사이로
가는 빛 찾아들어 생명꽃 피우나니
기다린 하많은 세월 차갑다 할 수 없네

힘들어 눌러 덮은 유유하던 마음속에
그대의 가슴 닿아 사랑꽃 피우나니
찬 서리 시들지 않는 눈 위에 핀 사랑꽃

그리움 한 조각씩 계절 따라 챙겨 신고
시간에 머물 수 없는 안타까운 사연 속에
가슴속 붉은 사랑꽃 시들지는 않으리라.

# 사랑

그대 나를
사랑하듯

나 그대
사랑합니다

그대 마음
콩닥콩닥이며

가슴 한켠에
살아 숨쉬네요

손 없으면
느껴지는 숨결

내 마음 반
그대 마음 반

내 가슴속
그대 살듯이

그대 가슴속
내가 살지요

그대 마음
내 마음 되고

나의 마음
그대 마음 되어

내가 그댈
사랑하듯

그대 나를
사랑한다오.

# 아버지

엄마의 몸속에서
열 달을 기다리다
세상에 태어날 때
기쁘다 기뻐하셨네

열두 달 눈 안에 두고
진자리 마른자리 갈으며
등에 업고 가슴에 안고
나 걸을 때 미소 지으셨지

열두 달 일곱 번 보내며
넘어질라 손을 잡고
잠시도 눈을 떼지 못하며
키우고 토닥이고…

가슴에 손수건 달고
국민학교 가던 날
꼬까옷 사 입혀서
춤추며 배웅하던 당신

20년 훌쩍 넘도록
자신을 다 희생하시고

좋은 것 다 나눠 주시고
힘드셔도 모든 것 참으시고

어느덧 내 나이 50에
아버지가 떠나려 하네
나를 두고 가족을 두고
멀리 갈 채비를 하네

하늘이시여 어찌합니까
남은 세월이 6월이라니
통증이라도 없으면
여행이라도 모시고픈데

그간 그리도 몰랐을까
무얼 그리 바쁘게 살았기에
때늦은 지금에야 마음만 바빠
해드리고픈 게 너무나 많은데

무엇부터 어떻게 해야
그동안 받은 사랑을
조금이나 갚으리요
조금이나 갚을 수가…

언제 가시더라도
지금은 못 보냅니다
같이 여행도 해야 하고
맛난 것도 드시자 했는데

좋은 집 얼른 지어서
예쁜 꽃밭 과실수도 심고
함께 가꾸고 좋은 세상 웃으며
하루라도 편히 모시고파

온 가족 모여 앉아
도란도란 웃음꽃 피워야죠
손주들 장가도 보내고
농사일도 가르쳐 주서야죠

지금은 아니 됩니다
절대로 보낼 수 없어요
우리 힘내서 꼭 이겨 봐요
사랑하는 내 아버지

아버지….

# 아버님의 이별가

아프고 아프다
몸도 맘도 몸서리치게 아프다
이승의 마지막 순간 이리도 아플까
부여잡고 애원해 보고도 싶지만
이젠 가야 한다
어루만지는 아들 손잡고
흐느껴 우는 아내 숨결 느끼며
이젠 가려 한다

고깔모자 쓰고
고운 꽃신 신고
삼베옷 초연히 차려 입고
마지막 단장으로 이별하며
활활 타오르는 불 속에 춤추다
하늘로 연기 함께 날아간다

어려운 세상에 태어나
힘든 시간들을 가족 위해 숨쉬다
긴 병마와의 싸움을 끝내고
한 줌의 재가 되어
아들 품에 안기어서
고향산천 북망산천 이제야 왔네

아들아 이곳으로 소풍 오너라
내 이불을 쉼터 삼아
꽃도 심고 과실도 심어
나를 보듯 꽃을 보고
내가 준다 생각에 과실도 먹고
옹기종기 소풍 온 듯 모여 앉아
이승과 저승의 이야기 들려주는
쉼터로 만들어라

불쌍한 내 아내 어이할꼬
내 평생의 수호자로 살며
마지막까지 병수발에 지쳐
힘들어 울고 안타까워 울고
슬퍼서 또 얼마나 울고 울까나

아들아 딸아 너희를 믿는다
약해진 내 사람 너희 엄마
외롭게도
서럽게도
노엽게도
슬프게도 하지 말고

이젠 그만 힘든 일 내려놓고
웃게만 하여라
울지 않게 하여다오
부탁한다 아들아
사랑한다 아들아
아버지는 이제 간다
엄마를 위해 살아다오.

*아버님의 명복을 빌며⋯ 아버님의 마음이 되어⋯져.

# 3부

아 침 인 사

# 김광석 거리

세상사 몸서리로 하소연하며
울고 부르다 사라져 간 음률 시인이여

허술한 님의 자취만 덩그러이
이는 골목 바람에 스산함도 있었다오

그리워 찾은 벗들 수다도 저어하며
님의 슬픈 노랫소리 골목길 가득 메우니

나이 찬 소녀들 님과 같이 친구 되려
부끄러운 하얀 가슴 살며시 열어 둡니다

내 좋아하는
타는 목마름으로…!

# 815

암흑의 긴 터널
힘겹게 달려온 우리의 역사는
멈춰질 듯 쓰러질 듯
지독한 압박과 탄압 속에서도
젊은 영혼들은
붉은 선혈의 빛을 내뿜으며
행여 꺼질세라
가는 빛줄기 잃지 못해 부여잡고
조금씩 또 조금씩
타는 갈망 모아서 어둠을 밝혔어라

1945년 8월 15일
어둠이 열리고
갸륵한 정성은 하늘에 닿아 밝게 열리니
젊은 넋들이여
편안히 그 빛 타고 천상에 오르소서
후세들이 안고 가는
아름다운 강산에도 잊지 못할 역사에도
새기고도 기억하고
영원토록 대한민국 만세.

# 생일

시내가 흐르고
감나무 지붕 덮는
작은 시골 마을에
다섯 번의 산천이 변모한
그 옛날 옛적
가지고 걸친 것 하나 없이
욕심과 시기도 하나 없이
그저 하얀 마음 하나 가지고
밝은 세상 눈 비비며
내려왔을까
사랑하는 부모 형제
내 모습 어여뻐
사랑찬 눈물로 가슴에 안았을까
속도 상하고
눈물도 흘리고
행복 또한 많았겠지
생일이 돌아올 때면
고소한 미역국에
맛난 음식들로
한술이라도 더 먹이려
온갖 유혹도 하셨겠지
내가 커서 오랫동안
그 정성 다 갚고 싶었는데

너무도 빨리 가신 부모님
오늘 같은 날이면
행복한 생일에 자축보단
낳아 주신 그 은혜 잊지 못해
엄마 모습 더 그립습니다
지천명이라…
아직 어찌 하늘의 뜻을 알까
세상을 향한
욕심과 욕망이 너무도 가득한데
깨끗이 세상과 만나고
하얀 마음으로 부모 형제를 만나고
벗은 몸 부끄럼 없던 내 모습
그 초심을 잃음이 지천인가
먼 하늘나라
부모님 사랑을 기억하고
내 곁을 지키는
아들 그리고 사랑을 간직하고
나의 울타리
이웃과 친구의 정들을 잃지 않는
오늘은
나의 큰 다섯 번째 생일
모두를 축복하고
베풀고 감사하고
또 사랑하는 하루 되러ㅏ….

# 감사 편지

해마다 찾아오는 생일엔
마치 어린애같이
늘 설레고 기대감에 마음이 들뜬다
예쁜 시를 선물해 오고
아름다운 꽃들을 보내오고
갖가지 전달되는 선물 꾸러미에
올해도 너무너무 행복하다
늘 함께하는 사람들과
파티를 하며 축하 인사를 나누고
많은 사람들에
내가 이렇게나 사랑을 받고 살았나
잘 살았구나…
나 자신을 격려한다
일에 얽매여 뒤돌아볼 시간 없이
바쁘다는 핑계로 만남들도 미뤄 살고
이래저래 피곤한 듯 게으름을
이해하고 용서하고
사랑으로 위로하시는 많은 분들
너무 감사하고 또 감사합니다
늘 고마움을 마음만 간직한 채
하많은 은혜들 어찌 다 갚으리오만

조금씩 조금씩
한 분 한 분 고마운 분 새겨넣고
사는 동안 영원한 은인으로
잊지 않고 사랑하렵니다
힘들고 지쳐 있을 때
이렇듯 많은 용기 주시니
이날은 생일 그 이상의 날인
내 생애 가장 행복한 순간의 기억으로
받은 축복 베풀며 살렵니다
감사합니다.

# 친구

친구는 고향이다
고향 하늘 그리다
문득 생각이 나는

졸졸 시냇물
조잘대는 소리에
가슴속 사랑 꽃피던

깜장 옷에 콧물 훔치며
까까머리 그놈이나 그놈이나
그 추억들 속

짧은 치맛바람
촌아이 흔들고 울리고
도도하던 모습에도

그냥 친구여서 좋다
친구라서 마냥 좋다
이곳 고향이라 더 좋다

친구야 안녕?
친구야 잘 지냈어?
친구 생각 고향 생각

자잔한 주름이 가리고
덤성 머리숱에 변모되고
파마와 화장에 숨겨져도

친구야 알 수 있지
마음으로 친구 만나고
가슴속 고향에 친구가 있다

서울에서 부산에서
고향 찾아 친구 찾아
반갑다 친구야

오늘은 동기회날
가진 것 몽땅 풀어 놓고
행복만 하다 가자꾸나.

# 감기

세상은 모두 내 편
하얀 눈산도
초록빛 강물도
내 가족 내 친구
그리고
내 몸의 전령사
감기마저 나만의 편

세상의 중심에서
허겁지겁…
잠시 쉬어 가라고
목은 따끔따끔
기침 콜록콜록
코 막혀 입으로 헉헉헉

이젠 그만…
다시 추스리고
또 아침을 맞아야 하네
참 힘든 친구지만
더 크게 아플까
먼저 와 걱정하는 너

벌써 며칠째
힘들고 지친다
친구 감기야
고맙지만 이젠 그만
너의 경고 잊지 않으리
아침엔 살짜기 안녕하….

# 선물 2
—시간

새벽에 창문을 열다
붉게 동이 트며 희망이라는
선물이 배달되었다

기쁜 마음에 차 한잔을
잔 속에 하루라는 그림자가
어떻게 놀지 초롱하다

하루를 두 손 꼭 부여잡고
이래도 24시간
저래도 24시간
이러면 성공
저러면 실패
나는 어디로 갈 것인가?

고난의 현실에 망설이다
오늘보단 더 나을 미래 위해
그래 맘껏 즐기며 일하리라

내일이 오면
성공이란 친구와 절친 되어

이 생애 마지막에
후회없이 잘 살았노라
미소 지으리라

오늘이란 친구
있을 때 잘 해야지
희망의 선물 감사합니다
내일이란 친구
멋지게 맞이하며
후회 없을 내 인생에 부라보!

# 선물 3
—사랑


하나님은 사랑을 주셨다
답답한 공간
병마와 싸우며
아무것도 할 수 없을 때
사랑하며 살라 하고

하나님은 사랑을 주셨다
살아가는 지혜
쉬어가는 방법
감사와 위로하는 방법
사랑하며 살라 하고

하나님은 사랑을 주셨다
나를 위로하기 위한
아름다운 꽃들과
안타까운 모습의 지인들
사랑받고 살라 하고

하나님은 사랑을 주셨다
매사에 감사하며
서로 위로하며
서로 사랑하며
늘 어우러져 살라 하고.

# 1월

까만 밤 밀어내고
붉은 태양이 떠오른다

돌이킬 수 없다면
후회하지 말자

새로운 태양을 맞고
미지의 시간을 찾는 거야

뜨거운 태양이
찬 어둠을 걷어 내듯

꿈도 인생도 사랑도
활짝 피우려
자, 가는 거야.

# 2월

빨갛게 언 손 조아려
세배라도 할라치면

얼른 당겨 안고
아랫목 훔쳐 주시던

갈라진 손 쪼글한 미소
그 님이 그리워라

둥근 보름달 속엔
작년 그 재작년에도

늘 웃으며 지키시던 그 님
더욱 그리운 명절에

당신은 어디 있나요….

# 3월

잠을 깨자
풀도 나무도 개구리도
세상이 잠에 깨어
파릇파릇 기지개 켠다

노란 개나리 망울도
하나의 생명이라
부끄러운 듯 속살을 보이고

따스한 햇살 아래
씨앗을 심다
졸음과 싸우는 촌로가 정겹다

꿈길에 사랑을 뿌리고
눈부신 햇살에 평온을 나누는
내 생애 가장 아름다운

아, 봄날이여…

# 4월

세상 흩날리는
천사의 연분홍 날개
하얀 그리움 충혈되어
애타는 모습 물들었구나
한 잎 두 잎 떨어지고
빗방울 눈물 되어
잎에 앉아 반짝여도

그대여
추위에 시려 아픈 마음
꽃비로 다 날리고
하늘 덮은 벚꽃 속에
터질 듯 군중 속에
꽃잎 같은 사랑 이야기
밤새워 그리네라.

# 5월

초록의 숲으로 가라
하늘 보이는 길목
그리운 눈물 소리 모아
어머니를 부르라
언제나 드높고 푸른빛 님이여

붉은 장미를 포옹하라
내 몸속 가시 박혀
아픈 마음들 고이 모아
어머니를 부르라
평생 자식 위해 눈물 기도하시던

어머니 어머니….

# 6월

깊은 산속 감자밭엔
바람 소리
뻐꾸기 소리
감자꽃 우는 소리

외로움도 좋아라
모든 말 다 버리고
이 한마디만
사랑한다는…

아… 6월의 신록
꽃보다 아름답고
사랑보다 황홀하고
바다보다 푸르네라

6월의 숲에
모든 걸 던져 맡기고
몸을 씻고 마음을 씻고
초심으로 가고 지고.

# 7월

장마와 싸우고
가뭄을 이겨 내고
태풍과 홍수도 넘어서라
우리의 7월은
힘든 세상사 노래하고
즐기며 웃어 가리라

보리를 거두고
모내기를 마치고
땡볕 속 아이들도
그늘 찾아 헤맬 때면
뜨거워진 뜰 만큼이나
열정도 달으리라

7월은 뜨거워라
태양을 태우고
나이를 태우고
인생을 태우고
우주를 다 태워도
사랑 앞에 점점 녹아 든다.

# 8월

바다로 가자
여름이 지나간다
밀려오는 파도와
밀려가는 파도의 만남
그 기로의 시간이런가

지는 꽃 배웅하다
피는 꽃 맞이하듯
인생 또한
오르막에서
내리막길 돌아보는 것

8월의 사랑엔
소나기가 있고
뜨거운 태양이 있고
낙엽의 로맨스가 있고
돌이킬 수 없는 운명도 있다.

# 9월

나뭇잎이 옷을 간다
술렁이는 이웃들 수다에
감나무 감 익는 소리
대추나무 대추 익는 소리
마음 깊은 곳
사랑이 익어 가는 소리

풀벌레 소리에
서둘러 떠나는 매미
황금빛 꿈꾸며
바쁘게 살 채우는 곡식들
가을 바람은
사랑도 철들게 한다.

# 10월

10월이 오면
편지를 하자
코스모스 시를 적고
국화 향 가득 실어
그리운 님 계시는
먼 산 단풍의 나라로

10월이 오면
고향을 가자
황토빛 좁은 마당엔
한 맺힌 도리깨질
시려 튼 손 비늘 떨어지는
산골 엄마의 집으로….

# 11월

어데 숨었다
소슬바람이 스친다
외로운 사람도 행복한 사람도
괜한 마음 스산한 계절에
행여 뉘라도
고개 떨구지 않기만을…

쓸쓸한 골목길
낙엽 횅하니 뒹군다
밤이면 창문마다 새어 나오는
익숙한 옛날의 겨울 이야기
님이시여
따뜻이 안고 하얀 겨울로 가자.

# 12월

하얀 영혼이 흩날린다
찬바람에 옷깃 동여 여밀며
뭉클 저밀어 오는 그리움 곁에
달랑 남은 달력 한 장
달랑 남은 까치밥 한 개
마지막 남은 잎새 하나

무엇으로 살았는가
어둡고 시린 가슴속 밝혀 줄
등불처럼 살았을까
은은한 사랑의 종소리로
외롭고 지친 뭇 나그네에
친구처럼 살았을까

하얀 영혼의 축복으로
길고 많은 일기를 되뇌인다.

# 산

산이 불렀다
오랜 시간 병치레 후
정상의 컨디션은 아니지만
산이 그리워
옛 생각이 그리워
산으로의 동행을 했다

보슬보슬 비가 온다
준비운동을 하고
마음을 먹고 나선다
시작은 좋았다
때 아닌 쑥도 만나고
빨간 망개도 만났다
한발 한발 혹여 처질까
바삐 발을 움직였다

그런데,
숨이 가빠지고
헛발질이 나오고
빗줄기는 더 시야를 흐린다
참을 만했다

좋은 벗이 있고
그리웠던 산 내음도
맘껏 안을 수 있으니~~

어쩌나
예전에 내가 아니다
아니 지금 내가 비정상이니
완주는 아무래도 무리다
창피한 도중하차
내게 없었고
내게 있을 수도 없었던
하지만 오늘은 아니다
더 이상은…

이제야 알 것 같다
말로만 건강 노래하던 것이
건강이 제일이라는 걸
이젠 찾아야겠다
나의 건강을
나의 가족과 친구
사랑하는 이의 건강도
모두 챙겨 함께 찾아야지

그리고,
산이 나를 부를 때
언제든 그곳으로 가리라
예전의 힘찬 모습으로
가장 앞에 서서
가장 높은 곳을 오르리라.

# 적대봉

외로운 섬
키다리 아저씨
먼 바다와 친구하며
지친 어부의 어깨를
토닥였으리라

이젠 아닌 섬
뭍과 손잡고
먼 육지객 친구하며
찾아오는 이웃들에
부끄럽듯 몸 내주던

너를 찾아 달려왔다
겨울비 시샘에도
지쳐 힘든 아픈 몸 안고도
찬 해풍 이기고 선
네 위용이 그리워서

…안을 수가 없다
겨우 저만치 곁에 두고
많던 기운 세파에 사라져

마음만으론 아니 될 터
고개 숙여 서럽게 발끝만 턴다

훗날의 해후를 기약하며
거금도여! 적대봉이여!
안녕히….

# 37년
―조카 결혼

오랜 시간을
두 사람은 인연을 찾아
온 세상을 헤매 다녔습니다

드디어
눈빛만으로도
웃음과 행복이 전해지는
천생연분 인연을 만났네요

기쁠 때나
슬프고 괴로울 때나
한 방향 하나의 생각으로
하나의 뿌리를 내리기 위해

결실을 맺는
결혼식을 한답니다
조카인 광채가 나는 신랑
착하고 너무나 이쁜 신부

축하 선물로
신부 화장품 세트를
정성껏 만들어 봤네요
그런데 나도 울컥 받고 싶었다는

246

내 정성만큼
예쁘고 아름답게
건강하고 행복만 하기를
가득 축하와 사랑을 전하며….

# 아침 인사

아~~!
행복하다 이 아침
출근해서 꽃들과 인사하니
사랑 달라 조른다

이쁜 꽃들에게
물을 주고 떡잎을 떼어 주며
화사한 꽃들에게
행복 주어 감사하다 인사하고

꽃이 있어 행복하고
사랑 있어 행복한 이 아침
꽃샘추위마저
참 정겨운 이 아침.

# 수선화

수줍듯 숨어 앉은
가녀린 꽃술은
님이 올까 기다리는
내숭인 듯 단아하네

도도히 내민 입술에
키스는 독이런가
유혹하듯 그 자태에
벽계수도 쉬어 가리라

살포시 열어 놓은
날개 같은 치마폭에
봄을 안고 님을 안고
세상의 자만을 안고 지고.

# 다짐

나는 나의
능력을 믿으며
어떠한 고난과 역경도
이겨 낼 것이며
항상 배우는 자세로
더 큰 사람에 도전할 것이다

나는 항상
새로 시작하는 사람으로
나의 행동과 언어로서
나로 인해 내 주위의 모두를
항상 웃게 할 것이며
같이 행복을 추구할 것이다

내 나이가
시간이 흘러 몇 살이 되든지
젊음을 유지하기 위해
최선의 노력을 할 것이고
몸과 마음을 청결히 하여
늘 싱그럽게 살 것이다

나는
오늘보다 더 나은
내일을 위해 최선을 다하고
작은 시간도 소중히 여기며
더 많은 사람을 사랑하며
살 것을 다짐합니다.

# 벚꽃

바람결에
천사 날갯짓하며
세상사 근심 걱정
이고 지고
고이 흩날려 보내는
꽃잎이 너였구나

4월이 왔네라
전령사 되어 알려 주고
온 세상 들뜨게
봄바람 꽃바람 일어
가슴 설레는
꽃잎이 너였구나

화려하게 왔다
일상에 지쳐 묻혀
네 모습 그리워 나서면
기다림도 잊었어라
매정히 떠나 버리는
꽃잎도 너였구나

떠나는 걸음마다
요란히도 뿌려대니
잡아도 보고 싶지만
그 아름다움 잊을소냐
뽐낸만큼 도도히도
저만치 떠나가네.

# 나에게

신이 말했다
행복과 불행이 있는데
무엇을 먼저 안고 싶냐고

나는 말했다
행복을 먼저요
훗날 불행이 기다려도

나의 의지와
지금 행복한 힘으로
그 운명을 바꾸리라

아침에 눈을 뜨면
온갖 시험과 전쟁이다
뜨거운 마음의 날을 세워

일과 싸우고
사람들과의 기싸움과
자신을 쉼없이 채찍하며

또 하루의 해가 진다
내가 이룬 일들
내 사랑을 나눈 사람들

천근의 몸과
녹을 듯한 지친 마음
그리고…

오늘도 참
대단하고 기특하고
수고하신 나의 모습.

# 친구에게

생각만 해도
괜히 가슴이 찡한 친구야
난 네가 친구라
너무나 자랑스럽고 좋다

징검다리 같은 내 삶에
모범적이고 안정적인 너
아무 말 하지 않아도
언제나 내 곁을 지키는 너

그 옛날 내게 그랬지
내가 커서 시집을 가게 되면
내 웨딩드레스만큼은
네 디자인으로 꼭 만들어 주겠다고

언젠가는 서툰 솜씨로
나비까지 고이 수를 놓아
예쁜 스웨터를 만들어
부끄럽게 내밀던 너였어

늘 응원해 주는 네가
가슴 벅차도록 좋은데

네가 참 좋다는 말이
왜이리 어렵기만 했을까

너무 좋아 부끄러워
편한 농담도 어색하고
누구보다 더 아껴 주고 싶은데
마음뿐 쉽게 하지 못했지

아주 조금은 어렵지만
난 네가 절친이라서
단지 그것만으로도
사랑스럽고 참 행복하다

사랑하는
내 친구 영란아!

# 아들에게

언제나 웃는 날이기를
너희들의 웃음을 보며
가장 큰 행복을 느끼고
기쁨의 눈물마저 달콤하다

힘들고 지칠 때면
내 품에서 울기도 하여라
너희들의 눈물까지 거두어
모두 내가 지고 가련다

잡초 무성한 들녘엔
미풍에 웅웅 소리를 내는
이름 모를 풀잎들도
외롭고 무서우면 소리를 낸다

힘든 지난 시절들을
외나무에 기대어 흔들리고
외로움도 속으로 삭이며
가냘픈 소년이 큰 나무가 되었네

실수를 하더라도
고개를 숙여 슬퍼하지 말고

실패를 하더라도
희망을 잃고 좌절하지 말아라

바람이 불어 흔들리면
힘이 들다 소리 내어 하소연하고
외롭고 무서워 떨리면
베개 들고 내 품으로 오렴

아들아! 나를 사랑하듯
세상을 사랑하며 살기를
당당하고 하루를 마지막처럼
매사 매시에 정성을 다해
살며 사랑하며 행복만 하자꾸나.

# 행복

아들이 말한다
"엄마!
우리 집안 공기가 참 좋아요."
아들에게 말했다
"다 식물들 덕분이지."

나도 모르게
베란다 한 가득
정성껏 화초를 키운
보람이 왔다

아침 창문을 열면
여기저기
온갖 꽃들의 향연이고
상큼한 향기에 실려

행복이 찾아온다.

# 아들 생각

아들들을 보고 있노라면
참 대견하고 놀랍다는 생각이

큰 나무같이 듬직한 모습에
태양처럼 환한 잘생긴 얼굴에
꽃술처럼 이쁘고 맑은 영혼을 가진
그들이 내 아들이라니

난 이미 세파에 찌들어
멍도 들고 찢어지고 흙도 묻었지만

이렇듯 착하고 훌륭한 모습으로
밝고 건강히 당당한 모습으로
이젠 나를 지켜 주는 모습으로
고맙고 행복하다 아들들!

항상 희망을 굳게 가지고
더 건강하고 좋은 사람으로
세상에 곧고 탄탄하게 서기를
두 손 모아 기도한다.

# 아저씨

낳은 정이 어머니요
기른 정이 아버지런가

하늘은 영원을 주셨지만
세상은 큰 파도의 바다 같은 것

나의 편이 되고 아들 편이 되어 주는
우리에겐 좋은 아저씨도 있다

아버지 같은 깊은 정은 있으려나
그 자리를 씻은 듯 채워 줄 수 있으려나

못생기고 배경도 초라하지만
사랑 가득한 아저씨가 있다

내가 사랑하는 아저씨만큼
아들아 믿고 마음을 열어다오

죽을 듯 힘들고 외롭게 산 긴 시간
어디선가 누군가에 보상을 투정하지만

가족이란 울타리 단단히 만들어
아저씨가 지키도록 응원을 하자

때로는 친구처럼 때로는 아버지처럼
나와 아들에겐 좋은 아저씨가 있다.

# 가을 노을

울긋불긋 가을 세상
산마루 나무들은
파랗던 하늘에 안겨 묻혀
노을 되어 세상을 태운다
태우다 재가 되면
검은 어둠 되어 쉼 되리라

무섭토록 내리는 노을은
붉은 용의 머리 되어
번개 신의 창끝 되어
용광로 속의 쇳물 되어
나른한 가을을 꾸짖듯
블랙홀로 삼키고 있구나

가을의 노을 너머엔
잔잔한 연녹빛 사연도
포근한 분홍빛 사랑도
애잔한 소줏빛 슬픔도 있으리

알록한 단풍색만큼이나
검붉게 칠한 노을빛만큼이나

하 많은 사연으로 오늘을 살고
또 내일을 기약하는 인생사야

내 나이도 가을이려니
단풍도 노을도 가을도
친구 되어 병풍처럼 둘러앉히고
동무들 정겨운 수다 소리에
가을밤이 깊어 간다.

# 가을을 보내며

가을볕 한 줌이
초록잎 시기하다 지쳐
찬 갈바람에 밀려
한 잎 한 잎에 빨갛게 앉았나

가을이다 고독함마저
추억의 열병을 앓다가
타고 바래고 마른 가슴도
세월의 숭고함에
머리 숙여 떨어지네

떠나는 흔적마다
파랗던 내음만 묻혀 놓고
모두 다 내어놓으며
이젠 외로이 쉬려 떠나는가

실컷 붉게 불살으라
그리움도 추억도
나뭇가지 걸어 둔 아픔도
그렇게 재가 되어
가을의 이별을 노래하노라.

# 퇴근길

어디로 가야 하나
한해를 열심히도 살았건만
찾는 이 부르는 이 없는
외로움만 가득 어디로 가야 하나

웃으며 토닥여 반겨 주고
따스한 훈기가 흐르는
사랑과 행복이 가득한
그러한 집으로 퇴근하고 싶다

오손도손 밥상에 둘러앉아
시시콜콜 웃고 떠들며
별일도 아닌 하루 일을 얘기하고
토닥이며 위로해 주는 그런 집

지금 가면 서늘한 텅빈 집
온기가 차는 동안 외로움이 엄습한다
혼자가 아닌데 더 혼자인 듯한
가족을 알기에 더 외로움에 처절한

처진 어깨 힘겹게 세우며
한 발 한 발 집으로 간다, 그래도….

# 돈나물

봄을 알리는 시선
봄을 전하는 향기

땅속의 봄을 깨워
싱그런 영양 가득 안고

누구를 먼저 만나려나
누구에게 먼저 전할까

쏘옥 부끄러이 고개 내민
연둣빛 봄의 전령사

봄 기운 한 웅큼 내어놓는
파릇파릇 애기 돈나물.

# 충주호

실파도 한몸 되어 유람선 평온하고
파란 호수 너울은 햇살 받아 빛나는데
충주호 깊은 수심은 가늠없이 숨겨 가네

호수를 지키는 양 병풍처럼 둘러앉은
월악산이 정겨워라 제비봉도 듬직하니
충주호 안고 지키라 나를 안 듯 님을 안 듯.

# 외로움

낯선 콘크리트에 갇혀
기다리는 외로움

바보상자라 했던가
넋은 드라마를 헤매이고

길 잃은 공허한 마음
달래지만 채워지질 않네

혼자란 기다림에 익숙한
외로움의 순간이 엄습한다

몸서리치며 울던 긴 시간
가슴에 멍이 되어 숨가쁘고

봄이 오는 소리 들릴세라
님이 오는 소리 들릴세라

외로움의 끝을 찾아 헤맨다.

# 봄맞이

봄을 캐러 간다네
호미 들고 바구니 안고
논두렁 밭두렁에 숨어 오는
우리가 부르는 냉이
할매가 부르는 나생이

호미로 콕 찍어
손으로 쏘옥 뽑으면
춤추듯 긴 몸매질에
산삼인들 부러울까
봄 처녀인들 부러울까

밭일 가던 할매가
봄 따는 나를 본다네
하나 가득 봄을 보고
젊음을 부러워하며
봄 찾아 젊음 찾아간다 하네.

# 봄 탓

혼자만의 시간에
삶에 대한 기로에 서서
딜레마에 빠진다

사는 것에 대한
어떤 선택에도 의미를 잃고
엄습하는 불안함에
마음은 벼랑 위를 서성인다

남들이 보는 관점에선
성공한 것처럼 보여질까
부러워하는 시선 속에도
채워도 채워도
허전함은 그 무엇일까

살고 싶은 욕망이
의미마저 사라진 채
불안과 쫓기는 마음은
절벽에 서서 먼 곳을 바라본다

아닌데 아닌데
불안할 것도 부족한 것도
어느 하나 없건만
욕심일까 성향일까 봄 탓일까
짙은 한숨에 밀려오는
알 수 없는 슬픔이여….

# 군자란

아침을 깨운다 눈부심에
창틈 사이로 자랑질하는
고귀함과 우아함의 극치
그 주홍빛에 매료되어

베란다 정치를 관장하듯
비린내 가득한 시국을
비웃듯 질타하듯
붉게 가득 물들였네

흔들리지 말라
네 갈 길 곧게 걷다 보면
이 또한 지나가리니
근엄한 군자의 빛이련가

굵은 줄기 하나에
옹기종기 머리 맞대고
무슨 사연 그리도 많으신가
인물 타령, 빛깔 타령, 사랑 타령

난이 아니어도 좋다
최고가 아니어도 좋다
다만 네 자태에 취한 시간이
미소 가득 행복을 시작한다.

# 연꽃

남 몰래 사랑한
서동의 마음인 듯
뭍엔 오르지 아니하고
분홍빛으로 연못 떠다니네

부끄러워 고개 숙인
선화의 모습인 듯
낮이면 잎을 모으고
밤이면 날개옷 펼치누나.

# 여인들에게 고함

여인들이여~~!
못생긴 건 용서되지만
가꾸지 않는다
여자이길 포기한 것
용서하지 못한데요

예쁜 여인들이여~~!
자부하고 안주 마라
가꾸는 여인네 앞서간다
나이 깊을수록
미인을 말해 주는 피부

그래서 넌 내게
소중한 보물
친구와 연인과 보석 같은
오늘도 난 당당히
여자의 이름으로 산다.

# 한국화장품

죽은 사람도 살린다는
천종산삼과
암세포 이상 세포를
파괴한다는
자작나무 수액이 주원료
이보다
더 좋은 원료는 없다

55년의 전통과 역사 속에
아름답고 좋은 이미지
우리 나이보다 더 많은 나이
이젠 더 높이
이젠 더 멀리
나아가려 한다

어찌 잊으랴
울 엄마들의
아름다움을 지켜 주었고
잊혀지지 않게
이젠 우리가 지켜 내고
우리 후손들에게

더 아름다움을 남겨 줄
정직과 고객 졸도의 신념으로
사랑받으라…
한국화장품 쥬단학!

# 너의 인연
—화장품


참 부지런히 살았네
어제 모습 꿈인 양 아련해도
너를 만난 덕분인지
세월의 흐름이사
야속만은 아니하네

참 많이도 힘들었지
너와 인연에 지치고 후회해도
내게 가장 소중한 벗
운명의 나의 길에
게으름은 없었네라

네가 있어 행복하다
오늘도 젊음과 용기를 선사하고
나는 진정 여자이노라
소중한 나의 모습을
늘 빛내 주는 너.

# 이 시대의 사랑, 가족애의 이미지로 완성시킨 언어의 항공모함 한 척
### – 문문자 시집 『지슴도 사랑하면 연리지가 될 거야』의 시세계

## 정유지
### (문학평론가 · 한국시조문학진흥회 이사장)

### 1. 시대를 초월하는 사랑의 메시지로 허기진 영혼들을 따뜻하게 품다

문문자(文䎓子) 시인은 경북 김천에서 출생했다. 지례중학교를 거쳐 김천 성의여고를 졸업한 후, 경인총신학대학, 차이나포럼 경영자대학원, 영남법률대학원, 파워포럼 등 다양한 학문을 접하고 두루 섭렵한 수재다. 현재는 한국화장품 쥬단학 신천 지사를 운영하는 전문 경영인이기도 하다. 라이온스 356A지구 태연클럽의 회장 또한 맡으면서 탁월한 리더십과 탄탄한 조직력을 대내외에 과시하고 있다. 문문자 시인은 현실과 비현실의 경계를 넘나들며 주옥같은 작품을 생산해 내는 절정의 기량을 과시할 만큼 무르익은 언어의 경지에 도달해 있다. 2015년 시 전문지 계간 『시세계』를 통해 화려하게 등림했다. 특히 한국독도문인협회 회원, 한국시조문학진흥회 이사, 문학콘서트 '시&연인' 밴드 회원 등 온·오프라인의 왕성한 활동을 전개해

온 문문자 시인은 그동안 사랑의 메시지를 통해 독자들로부터 큰 호응을 얻은 바 있다. 참으로 한국을 대표하는 시인이 아닐 수 없다. 문문자 시인은 「시인의 말」을 통해 '한낱 이름 없던 콩밭 고랑이 삽풀 시슴일지라도 꼿꼿이 안고 자라 어느새 하나의 튼실한 몸이 되어 세상의 추앙받는 연리지로 태어나기를 약속하며 한 줄 한 줄 사랑의 메시지를 전한다.'라고 표현한다. 한국화장품 쥬단학 신천 지사를 운영하는 경영인으로서, 더 나아가 한국화장품의 세계화에 앞장서는 미(美)의 홍보대사로서 손색이 없는 각오를 엿볼 수 있다. 허기진 영혼들의 심정적 빈곤을 채워 줄 '사랑의 여신'이란 닉네임까지 세상에 남겨 놓았다.

문문자 시인의 시적 세계는 크게 두 가지 경향을 보이고 있다.

첫째, 섬세한 감성과 시적 수련으로 쌓아 온 객관적 관찰력과 창조적 상상력으로 빚어내는 선명하고 세련된 시안(詩眼)을 구비하고 있다. 마치 바닷가 갯바위에 부딪치는 파도 소리를 파생시키며 동시에 소금 꽃을 세상에 남기는 은유의 세계 또한 견지하고 있다. 죽지 않는 파도 소리를 만들어 내는 아름다운 시각의 틀로 시적 안목을 유지한 채, 활어(活語)의 시적 언어가 즐비한 그리움의 바다를 생성시키고 있다. 아울러 문문자 시인의 정신세계는 티 없이 맑고 그윽한 향기가 가득하다. 사랑의 완결점에서 출발된 따스한 인류애를 바탕으로 끊임없이 시적 대상과 소통하려는 육화(肉化)된 언어와 정제된 시어들이 삶에 대한 환유로 단절된 세상을 활짝 꽃피우고 있다.

둘째, 여성 특유의 정교한 이미지 전개를 통해 문학적 미학을 꽃피우고 있다. 마치 풍경화 한 편을 감상할 수 있도록 시집 안의 작품마다 아름다운 목소리를 담보한 선명한 메시지를 발견할 수 있다. 일상의 현실들을 치밀한 언어적 설계에 따라 시로 형상화시켜 생명을 부여해 주는 시적 장치가 매우 은은하면서도 깊은 내면의 세계를 유추해 내고 있음을 확인할 수 있다. 탄산음료의 기포처럼 쏟아 내는 특유의 시적 어법으로 시적 대상의 객체가 아닌 주체의 시선으로 갈무리시킨 완성된 사랑의 미학을 수놓고 있는 문학적 역량이 이를 뒷받침하고 있다. 이는 철학적 사색과 무한지애(無限至愛)의 거울을 통해 무리 없이 소화해 내고 있는 우리 시대 마지막 사랑의 메신저로 상정해 본다.

우리 시대 문학의 위기를 돌파할 새로운 카드로 문문자 시인이 전매특허로 만들어 낸 시적 퍼포먼스(Performance)라 할 수 있는 사랑의 그릇으로 세상을 담아내고 있음을 주목하지 않을 수 없다. 대립과 반목이 난무하는 부재(不在)의 시대를 향해 '사랑의 회복'이라는 메시지를 보내고 있다. 문문자 시인은 저수지에서 낚아 올린 감성의 이미지로 감동의 카타르시스(Catharsis)를 남기고, 캄캄한 망망대해(茫茫大海)에서 조난당해 방황하는 배들을 위한 밤하늘의 북극성에 비유될 수 있는 시적 역량을 갖고 있었다. 더 나아가 영혼의 울림을 담보한 진초록의 향기를 피워 내는 따뜻함마저 구가하고 있었다.

"칠흙같이 어두운 망망대해에서, 자동항법 장치가 고장난 배들에게 있어 밤하늘의 북극성이야말로 실낱같은 마지막 희망이고, 절망 속 따뜻함의 극치이다."

무릇 시적 언어 속에는 촌철살인(寸鐵殺人)의 미학이 있다. 즉, 한 치밖에 안 되는 쇠로 사람을 죽인다. 짧은 언과 행의 유기적인 작용 속에서 독자들에게 감동을 줄 때를 의미한다. 시대를 질타하는 칼날과 같은 논리와 더불어 맑고 그윽한 향기를 품고 있는 꽃과 같은 생각의 창조적 설계도가 숨겨져 있다. 방황하는 어린 양들을 품을 수 있는 따뜻한 가슴이 숨겨져 있다. 심지어 상대방의 마음을 움직이게 만드는 아름다운 소통 채널이 숨겨져 있다. 시인은 그 소통의 채널을 가동해 독자들을 「가을 사랑」에 초대하고 있다.

그대 향한 내 마음은
대나무 빛처럼 불변해도
그대의 마음은
잠시 머물 바람인 줄 알았는데

가을이 무르익을수록
가을빛이 짙어질수록
당신 마음도 깊어질 줄은
진정 난 몰랐네요

당신의 마음속에
나의 마음속에
깊이 새겨진 우리 사랑은
잠시 머무는 연정이 아닌
지울 수 없는 애절한

사랑빛이 되었군요

그대의 향기는
가을 저녁 낙엽 태우는 향수같이
따스한 고향 같답니다
가을, 고향, 어머니 그리고 당신.

-「가을 사랑」 전문

시인은 붉게 물든 고향의 단풍 풍경을 누구보다도 애타게 그리워하고 그 속에서 어머니와 가을에 대한 시적 환희를 즐기고 있다. 가을 저녁, 낙엽을 태우는 행위를 향수(鄕愁)에 비유해 내기도 한다. 향수란 사물이나 추억에 대한 그리움을 말한다. 타향에 있는 사람이 고향을 그리워하는 마음이나 그로 인해 생긴 시름이기도 하다. 시적 대상이 되는 가을을 향한 사랑이 대나무의 푸른 빛깔처럼 변함이 없음을 확인하고 있는 가운데, 잠시 머물다 떠나는 바람과 같은 존재가 아니라, 깊은 사유와 따뜻한 그리움 또한 짙어지고 만드는 존재가 바로 또 다른 가을의 캐릭터임을 진술하고 있는 것이다. 이른바 따스한 고향의 전형이기도 한 것이다. 이 세상에는 셀 수 없을 만큼 다양한 행복의 회상이 놓여 있다. 인간은 행복하기 위해 존재하는 것일까? 인간은 행복하기 위해 사는 것이 아니라, 그 삶 속에서 행복을 느끼는 것이다. 가을을 사랑하는 시적 행위 속에서 시인은 가을, 고향, 어머니, 서정적 자아인 '당신'을 시적으로 동일시하고 있다. 고독한 가을의 정서뿐 아니라, 이를 극복하기 위해 끝없이 사유하면서 고향의 어머니와 같은 따스한 존재저 자가을 통해 서정적 자아인 '당신'에게 귀결시키고 있는 것이다.

시인은 「봄빛 사랑」을 통해 인생의 깊이를 수놓고 있다.

봄 같은 사랑을 살고 싶어요
저 너머로 전해 오는 당신의 목소리는
봄바람 타고 내 귓가를 어지럽힙니다
소곤대는 그 음성에 마음은 마비되고
내 몸은 봄비 되어 당신께 젖어 버립니다

봄 같은 사랑을 살고 싶어요
수선화 잎 속의 볼록한 속잎을 닮은 입술
그 느낌을 떠올리면 달콤함이 전해집니다
스침만으로 전율이 온몸 곳곳에 물들여지고
내 몸은 감전이 된 듯 당신 속에 묻혀집니다

봄 같은 사랑을 살고 싶어요
더운 여름날 설렘으로 어색키도 만나서
이름 모를 나뭇잎 하나 하나를 사랑으로 물들였죠
흰 눈 내리는 가로등 아래서 소설 같은 포옹을 하며
따뜻한 봄 같은 사랑의 맹세는 지금이 되었네요

봄 같은 사랑을 살고 싶어요
왔다가 금방 사라지는 봄바람인 줄
마음속에 잠시 머물다 여운만 남길 풋사랑인 줄
이제는 사랑 그 이름을 숙명같이 애절함으로 지키고
언제나 포근하고 따뜻한 봄빛 사랑을 하렵니다

봄 같은 사랑을 살고 싶어요
내 생애 무더웠던 날들, 낙엽처럼 외로웠던 날들

내 생애 겨울바람처럼 쓰라리고 시려웠던 날들
그대를 만나 행복한 축복의 시간으로 보상받고
봄처럼 따뜻한 사랑에 하루하루가 꿈속이랍니다

봄 같은 사랑을 살고 싶어요
내 전부의 생을 그대와 같이 따뜻하게 안고서
봄 같은 사랑을 살렵니다.

―「봄빛 사랑」 전문

　시인은 '봄 같은 사랑을 살고 싶어요'를 반복하면서 '봄빛 사랑'을 설파하고 있다. 총 6연으로 된 인용 작품의 구성적 흐름은 다음과 같다. 1연에서 서정적 자아인 당신의 목소리에 마음이 마비되고 몸은 봄비처럼 젖고 있음을 진술하고 있다. 2연에서는 수선화 잎을 닮은 당신의 입술 속에서 달콤함과 전율마저 생성시키고 있다. 3연에서는 더운 여름날 설렘의 만남 속에서, 흰 눈 내리는 가로등 불빛 아래서, 봄 같은 사랑의 맹세를 떠올리고 있다. 4연에서는 왔다가 금방 사라지는 봄바람이 아닌, 마음속에서 잠시 머물다 여운만 남긴 풋사랑이 아닌 포근하고 따뜻한 봄빛 사랑을 독백하고 있다. 5연에서는 내 생애 무거웠던 날들, 낙엽처럼 외로웠던 날들, 겨울바람처럼 쓰라리고 시려웠던 날들을 보상받을 수 있는 만남을 부연(敷衍)하고 있다. 봄처럼 행복한 축복의 만남을 설정하고 있다. 6연에서는 봄 같은 사랑의 필연성으로 마무리하고 있다. 일반적으로 봄은 부활과 소생, 성장과 희망의 계절이다. 봄(Spring)은 1년의 4계절 중 첫 번째 계절이다. 기상학적으로는 양력 3~5월을 말하나 천문학적으로는 춘분(3월 21일경)에서 하지(6월 21일경)까지이다. 절기

상으로는 입춘(立春, 2월 4일)에서 입하(立夏, 5월 6일) 전까지를 말하며, 음력으로는 1~3월을 말한다. 시인은 '봄빛 사랑'을 통해 사랑의 존재론적 이유를 고백하면서 따스한 사랑법이란 앵글로 삶을 바라보고 있다.

시인은 살아가면서 터득한 「사랑이란」의 정의를 담아 낸다.

사랑은
계산하지 않는 것
어제는 얼마나 사랑했고
오늘은 얼마나 사랑했으며
내일은 또 얼마나 사랑을 할지
하지만,
얼마나 사랑을 받고 사는지

사랑은
아낌없이 내어주는 것
다 주고도 더 주고 싶고
줄 게 없어 가슴 아프고
세상의 공기마저 싸 주고픈
하지만,
그저 주는 것에 행복에 겨운

바로 당신께입니다.

― 「사랑이란」 전문

시인은 사랑을 다음과 같이 정리하고 있다. 첫째, 사랑은 계산하지 않는 것으로 바라보고 있다. 둘째, 사랑은 아낌없이 내어주는 것으로 노래하고 있다. 참으로 간단하면서 존귀한 시적 언어가 아닐 수 없다. 성서의 종교적 차원까지 비유할 수 있는 사랑을 추구하고 있다. 시인은 순수한 이 시대의 사랑법을 선언한 것이다. 최근 부부(夫婦)의 길을 걷는 몇몇 커플에게 결혼 조건에 대해 물었다. 요즘은 맞벌이 부부가 많기 때문에 돈과 명예보다, 키와 나이 같은 조건보다 어느 정도 서로의 마음이 맞으면 결혼해서 살 수 있다는 예상 외의 답변이 절반을 차지했다. 주변의 30대 초반의 여성 직장인들에게 다시 물었다. '돈 많은 남자, 권력 있는 남자, 웃기는 남자 중 어느 남자를 선택하겠는가?'의 질문에 2/3 이상이 마지막 웃기는 남자를 선택했고, 그다음으로 돈 많은 남자인데, 명이 짧은 남자여야 한다는 단서가 붙었다. 웃지 못할 코미디 같은 현실이다. 시인은 계산하지 않고 아낌없이 주는 사랑을 제일의 가치로 바라보고 있다. 이를 곰삭은 젓갈처럼 잘 발효된 사랑으로 바라보고 있는 것이다.

　시인은 사랑의 유효기간을 거부한다. 「영원한 사랑」에서 이를 확인할 수 있다.

　　사랑이 식으면 어떡해요?

　　친구가 말한다
　　데우면 된다고…

　　식으면 데우고
　　식으면 또 데우고…

　　그렇게 애쓰며
　　언제나 뜨거운 것

따뜻하게 손잡고
함께 가는 것

식을 겨를없이
사랑하고 또 사랑하는 것.
-「영원한 사랑」 전문

시인은 사랑방정식의 달인이다. 그중에서 문문자 시인은 달
인 중의 달인이다. 어찌 사랑을 이토록 정갈하게 표현할 수 있
을까. 결혼한 부부들이 말하는 사랑의 유효기간은 대략 3년
정도로 보고 있다. 3년 이후는 자식 때문에 산다는 말이 대부
분을 차지할 정로로 3년 동안은 눈에 콩깍지가 씌어서 배우
자의 부정적인 면을 볼 수 없다고 한다. 그 기간 동안은 배우
자의 단점인 것조차도 매우 멋있게 바라본다는 것이다. 시인
은 그런 사랑의 유효기간을 정면으로 반박하고 있다. 사랑이
식으면 데우고, 또 데우는 연습의 필요성을 역설하고 있다. 시
적 대상들이 애쓰면서 언제나 뜨겁게 사랑하고 따뜻하게 손잡
고 가면 식을 겨를조차 없음을 부각시키고 있다. 부부로서 죽
음을 함께 맞이할 때까지 변함없이 오래 지속되는 항구적(恒久的)
사랑을, 혹은 죽음 이후에도 오랫동안 변하지 않고 계속되는
영구적(永久的) 사랑을 기술하고 있다.

시인은 사랑의 영원함을 언급하면서, 「보고 싶다」에 대해 진
술하고 있다.

힘든 세상에 지쳐
몸이 병들고

가까운 이들의 외면에
마음이 병들고
몸져 누워 아파하는
외롭고 구슬퍼라
꽃샘추위 속 새싹 같은
당신이 보고 싶다

폭풍을 이겨 내고
찬 눈보라도 헤쳐 내어
노란 복수초처럼
생의 꽃도 피우리만
터질 듯 터질 듯
망울만 가득한
아직도 겨울 속 공주님
당신이 보고 싶다.

―「보고 싶다」 전문

　간절한 사랑의 압축 표현, '보고 싶다'는 지상의 모든 이에게 있어 가장 진솔하고 솔직 담백한 표현이 아닐 수 없다. 시인은 힘겨운 세상에서, 몸이 병들고 가까운 이들의 외면에 아파한다. 꽃샘추위 속 새싹 같은 존재로 각인되고 있는 시적 화자인 당신을 향하여 '보고 싶다'고 고백한다. 폭풍과 세찬 눈보라를 이겨 낸 노란 복수초와 같이, 터질 듯 터질 듯 망울만 가득한 겨울 속 공주님을 향해 '보고 싶다'고 고백한다. 순수하고 순결한 시인의 마음을 그대로 전달해 주고 있는 시적 메시지가 아닐 수 없다.
　이러한 경향의 시적 진술은 신서정주의 구현 및 휴머니티의 아이덴티티(Identity) 회복과 무관하지 않다. 더욱이 시인은 점점 더 순수성을 상실하고 있는 우리 시대를 향해 따스한 메시지를 보내고 있는 것이다. 세상에 오염되지 않은 순수의 캐릭터로 숨겨진 아이콘을 찾고 방황하는 영혼의 가슴을 어루만져 줄 따뜻한 수사(修辭)가 무엇보다 필요함을 설파하고 있는 것이다.

2. 이 시대 최고의 퍼포먼스, 따뜻한 사랑으로 세상을 대변하다

"대나무는 속이 비어 있고, 마디가 있다. 그런 이유로 잘 뻗어 나간다. 마디는 성장통의 흔적이다. 아울러 그 성장통의 마디를 통해 더욱 푸르르기 위해서는 대나무의 속처럼 비워 내야 성장할 수 있다."

문문자 시인은 죽순을 품은 창조적 상상력의 대숲이다. 바람이 대숲에 부딪힐 때마다 새롭게 태어난 대나무들은 비상(飛上)의 꿈을 꾼다. 대나무와 바람은 운명 공동체라 할 수 있다. 단단함이란 거대한 뼈대와 견딤이란 뿌리의 힘을 담보하고 있는 대나무는 바람의 날개를 달고 영원히 죽지 않는 영혼의 소리를 낳지만, 그 소리의 꽃을 은은하게 피워 올렸던 바람 역시 결국 맑은 햇볕의 위력 앞에 고요의 흔적으로 사라지게 된다. 세상과의 뜨거운 마찰은 곧 소통으로 이어진다. 그 소통의 순간은 진솔한 영혼의 울림이 바람처럼 밀려올 때 가능하다. 특히 문문자 시인의 작품 속에는 사랑의 이름으로 아픈 생의 상처를 비워 내고 있다. 비워 냄은 치유와 성장의 전환기를 맞이한다. 더불어 치밀한 언어적 설계를 기본 골격으로 한 가운데

절절한 그리움의 깊이를 더해 주는 시적 장치가 즐비하다. 잔잔하면서도 다양한 빛깔의 언어로 인간과 시적 대상의 세계를 직조해 내고 있음을 확인할 수 있다. 여성 특유의 시적 어법으로 시적 대상인 사물이 말하고 싶은 속말을 찾아서 대신 표현해 주는 전지적 작가다.

무지개는 일곱 가지 색의 퍼포먼스이다. 이 시대 최고의 퍼포먼스이다. 빛의 완벽한 조화를 나타낸다. 빛은 따뜻함을 상징한다. 시인은 그 따뜻함으로 세상을 품고 있는 것이다. 따뜻함으로 품은 그 가슴은 세상을 대변하는 역할마저 수행한다.

한편 시인은 정신적 지주, 버팀목의 존재를 회상하고 있다. 「어머니」에서 이를 확인할 수 있다.

> 울 엄마는
> 전지전능하신 하나님처럼
> 내 마음속 가장 깊은 곳의
> 같은 하나님입니다
>
> 지쳐 주저앉아 있을 때
> 세파에 거칠어진 손 내밀며
> 다시 일어나 걸어라
> 따스한 목소리로 토닥이고
> 행여 쓰러질까 어깨를 내주시며
> 든든한 버팀목으로 지지해 주셨어요
>
> 울 엄마는
> 세월이 가져온 힘든 병마 속에서도
> 당신의 고난은 뒤로한 채

나를 위해 그저 웃는 모습으로
내 고통 내 힘든 삶의 찌꺼기를
다 짊어지고 가셨어요

울 엄마는
긴 시간의 후예 지금에도
내 맘속에 영원히 살아 숨쉬며
그랬듯 웃는 모습으로 지켜 주네요
힘내라 예쁜 딸
장하다 사랑하는 내 딸
기도하고 용기 주고 계세요

오늘은 지치고 힘이 들어
소리 내어 눈물로 불러 봅니다
엄마 보고 싶어요~
엄마 사랑해요~
엄마 잘 살게요~
가슴을 두드리며 엄마가 왔어요….

－「어머니」 전문

　일반적으로 어머니는 자기를 낳은 여성을 가리키거나 부르
는 말이다. 시인에게 있어 어머니는 하나님과 같은 수준의 숭
고한 존재로 각인되고 있다. 종교적 차원까지 비유될 정도로
거룩한 존재가 아닐 수 없다. 세파에 쓰러져도 손 내밀며 '다
시 일어나 걸어라'고 독려한 어머니는 든든한 버팀목임을 부각
시키고 있으면서, 병마와 싸우는 와중에도 '힘내라, 예쁜 딸'
이라고 말할 만큼 항상 미소 잃지 않는 그런 존재임을 회상하
고 있다. 힘들고 지친 순간에 어머니를 향해 사랑을 고백하며

스스로 삶의 주인공이 되고자 힘찬 각오를 다지고 있다. 시적 묘사 측면에서, '~니다', '~어요', '~네요' 같은 서술적 표현은 순진무구한 동심을 유발하는 시적 효과까지 자아내고 있다. 시인은 어머니에 대한 회고를 통해 감동의 집 한 채를 남기고 있는 것이다.

시인은 어머니에 대한 시적 진술을 마치고 또 다른 존재를 향해 노래를 부른다. 「아버지」에서 확인할 수 있다.

> 엄마의 몸속에서
> 열 달을 기다리다
> 세상에 태어날 때
> 기쁘다 기뻐하셨네
>
> 열두 달 눈 안에 두고
> 진자리 마른자리 갈으며
> 등에 업고 가슴에 안고
> 나 걸을 때 미소 지으셨지
>
> 열두 달 일곱 번 보내며
> 넘어질라 손을 잡고
> 잠시도 눈을 떼지 못하며
> 키우고 토닥이고…
>
> 가슴에 손수건 달고
> 국민학교 가던 날
> 꼬까옷 사 입혀서
> 춤추며 배웅하던 당신

20년 훌쩍 넘도록
자신을 다 희생하시고
좋은 것 다 나눠 주시고
힘드셔도 모든 것 참으시고

어느덧 내 나이 50에
아버지가 떠나려 하네
나를 두고 가족을 두고
멀리 갈 채비를 하네

하늘이시여 어찌합니까
남은 세월이 6월이라니
통증이라도 없으면
여행이라도 모시고픈데

그간 그리도 몰랐을까
무얼 그리 바쁘게 살았기에
때늦은 지금에야 마음만 바빠
해드리고픈 게 너무나 많은데

무엇부터 어떻게 해야
그동안 받은 사랑을
조금이나 갚으리요
조금이나 갚을 수가…

언제 가시더라도
지금은 못 보냅니다
같이 여행도 해야 하고
맛난 것도 드시자 했는데

좋은 집 얼른 지어서
예쁜 꽃밭 과실수도 심고
함께 가꾸고 좋은 세상 웃으며
하루라도 편히 모시고파

온 가족 모여 앉아
도란도란 웃음꽃 피워야죠
손주들 장가도 보내고
농사일도 가르쳐 주셔야죠

지금은 아니 됩니다
절대로 보낼 수 없어요
우리 힘내서 꼭 이겨 봐요
사랑하는 내 아버지

아버지….

— 「아버지」 전문

아버지를 향한 서사시임을 금방 확인할 수 있다. 아버지는
집안의 기둥 역할에 비유할 만큼의 집안의 중심추라고 말할 수
있다. 시인은 어려운 시대를 이기고 가족을 지켜 낸 우리 시대
아버지들의 애달픈 삶을 조명하고 있는 가운데, 병마와 싸우
고 있는 아버지를 향해 사랑의 메시지를 보내고 있다. 병마와
싸우고 있는 아버지는 우리 시대 아버지이기도 하다. 우리 시대
아버지를 화두로 던져 신드롬을 불러일으키고 있는 작품이라
할 수 있다. 시인에게 있어 아버지의 아픔은 곧 자신의 아픔과
동일시하고 있다. 곳곳의 행간마다 아버지의 고통을 공유하고
있으면서 굴곡진 아버지의 삶을 조응해 내고 있다. 이러한 내

밀한 외침은 치열한 언어 탐구 속에서 표출된 시적 어법이 아닐
수 없다.

시인은 가수 김광석에 대한 기억이 남다르다. 「김광석 거리」
에서 확인할 수 있다.

세상사 몸서리로 하소연하며
울고 부르다 사라져 간 음률 시인이여

허술한 님의 자취만 덩그러이
이는 골목 바람에 스산함도 있었다오

그리워 찾은 벗들 수다도 저어하며
님의 슬픈 노랫소리 골목길 가득 메우니

나이 찬 소녀들 님과 같이 친구 되려
부끄러운 하얀 가슴 살며시 열어 둡니다

내 좋아하는
타는 목마름으로…!

−「김광석 거리」 전문

시인은 세상사 몸서리로 하소연한 가수 고(故) 김광석을 시대
를 대변하는 음률 시인으로 기억하고 있다. 스산한 골목 바람
과 슬픈 노랫소리에 귀를 활짝 열어 놓고 김지하의 '타는 목
마름으로' 와 같은 느낌으로 결연한 시적 자세를 유지하고 있
다. 여기서 인용된 김광석 거리는 김광석(1964~1996)이 태어나고 어
릴 적 뛰놀던, 대구 대봉동 방천시장이라 불리는 길(대구광역시 중구
달구벌대로 450길)을 토대로 만들었다. 김광석은 '사랑했지만', '서

른 즈음에', '이등병의 편지' 등 애잔하면서도 서정적인 가사
와 폭발적인 가창력으로 많은 사랑을 받은 가수다. 한국의
모던포크 계승자로 각광받으며 자신만의 독특한 음악세계
를 펼쳐나가던 중 1996년 1월 6일 생을 마감했다. 이에, 2010년
'방천시장 문정성시 사업'의 하나로 방천시장 골목길에 11월
부터 조성하기 시작한 김광석 거리는 중구청과 11팀의 작가들
이 참여하였다. 350m 길이의 벽면을 따라 김광석 조형물과 포
장마차에서 국수 말아 주는 김광석, 바다를 바라보고 있는 김
광석 등 골목의 벽마다 김광석의 모습과 그의 노래 가사들이
다양한 모습의 벽화로 연출했다. 매년 가을에는 방천시장과
동성로 일대에서 '김광석 노래 부르기 경연대회'를 개최하여 김
광석을 추억하고 있다.

시인은 힘찬 하루를 「아침 인사」로 시작한다.

아~~!
행복하다 이 아침
출근해서 꽃들과 인사하니
사랑 달라 조른다

이쁜 꽃들에게
물을 주고 떡잎을 떼어 주며
화사한 꽃들에게
행복 주어 감사하다 인사하고

꽃이 있어 행복하고
사랑 있어 행복한 이 아침
꽃/샘추위미지

참 정겨운 이 아침.

–「아침 인사」 전문

　보통 알려진 아침 인사는 '굿모닝(Good Morning)', '좋은 아침', '기침하셨습니까?', '편안한 밤 되셨습니까?', '식사하셨습니까?', '별고 없으셨습니까?' 등의 많은 수사적 표현이 동원된다. 시인은 아침에 출근해서 사람이 아닌 꽃들이게 제일 먼저 인사를 한다. 그러면 꽃들이 사랑 달라고 조른다는 익살스러움 또한 발견한다. 예쁜 꽃들에게 물을 뿌려 주면서, 화사한 꽃들에게 행복 줘서 감사하다고 표현한다. 시인은 꽃이 있어서 행복하고 사랑 또한 있어서 행복한 아침, 꽃샘추위마저 정겹다고 능청을 부린다. 자연과 합일된 절정의 경지에 다다른 시적 내공을 감지할 수 있는 작품이 아닐 수 없다. 어느덧 시인은 「한국화장품」에 심취한다.

죽은 사람도 살린다는
천종산삼과
암세포 이상 세포를
파괴한다는
자작나무 수액이 주원료
이보다
더 좋은 원료는 없다

55년의 전통과 역사 속에
아름답고 좋은 이미지
우리 나이보다 더 많은 나이
이젠 더 높이

이젠 더 멀리
나아가려 한다

어찌 잊으랴
울 엄마들의
아름다움을 지켜 주었고
잊혀지지 않게
이젠 우리가 지켜 내고
우리 후손들에게
더 아름다움을 남겨 줄
정직과 고객 졸도의 신념으로
사랑받으리…
한국화장품 쥬단학!

－「한국화장품」 전문

　시인은 죽은 사람도 살린다는 천종산삼과 암세포를 파괴한
다는 자작나무 수액으로 만든 한국화장품<sup>(대표이사 이용준)</sup>을 홍
보하고 있다. 한국의 미를 대표하는 기업으로서 아름답고 좋
은 이미지로 더 높이, 더 멀리 도약할 것을 다짐하고 있다. 엄
마들의 아름다움을 지켜 주고 후손에게 더 아름다운 모습을
남겨 줄 한국화장품에 대한 확신도 선보이고 있다. 얼마 전,
새 정부 출범으로 중국의 고고도미사일방어체계<sup>(THAAD·사드)</sup> 보
복 우려가 줄어들면서 국내 화장품<sup>(K뷰티)</sup> 기업들의 주가가 반
등해 화제를 모은 바 있다. 특히 'K뷰티 1세대', '화장품의 명
가' 한국화장품이 화장품 업종에서 주가 수익률 1위라는 미인
주<sup>(株)</sup>로 부활해 눈길을 끌었다. 시인에게 있어 한국화장품 쥬
단학은 미모를 지키는 수호신과 다름없다. 한국화장품은 대

301

한민국의 화장품 회사이다. 한국화장품은 고⁽故⁾ 임광정 전 회장과 김남용 전 회장의 공동창업으로 지난 1962년 설립되었다. 일본 맨담⁽1970년대~1994년⁾, 프랑스 로레알⁽1980~1997⁾, 프랑스 피에르 파브르⁽1994~2010⁾, 프랑스 피에르가르뎅 등 유수의 화장품 메이커와 기술제휴를 맺었다. 이후 1988년 한국화장품으로 상호를 변경했다. 그동안 최우수 기업상 수상, 체육훈장 수상, 산업포장 수상, 노사협력 우수기업 선정 등 빛나는 발자취를 남겼다. 화장품 브랜드는 더샘·산심·오선·칼리·쥬단학·시크릿네이처·A3Fon·템테이션 등이 있다. 역대 모델은 탤런트 김희애⁽쥬단학⁾, 심은하⁽템테이션, 칼리⁾, 김태희⁽칼리⁾, 이미연⁽A3Fon⁾, 김남주⁽A3Fon⁾, 이미숙⁽산심⁾, 한채영⁽효윰⁾, 추자현⁽산심, 2016~현재⁾, 윤손하⁽오선, 2016~현재⁾ 등이 있다.

시인은 이성과 감성의 경계를 무너뜨리는 초월적 존재와 같다. 혹은 감동의 언어로 방황하는 어린 영혼을 인도하는 북극성이 되기도 한다. 따뜻한 수사⁽修辭⁾로 굶주린 영혼을 구원해 내는 선장 역할 또한 한다. 이 때문에 시인을 우리 시대의 메시아적 존재라고 말할 수 있다.

"문문자 시인은 세상에서 가장 순수한 시선으로 휴머니티를 세상에 전하면서, 감동의 파도를 꽃피워 아름다운 흔적을 남기고, 그 흔적은 조난당한 영혼을 지켜 내는 등대처럼 영혼의 바닷길을 열고 있는 것이다."

한국화장품 쥬단학 미의 홍보대사, 문문자 시인은 일상생

활 속에서 가장 따뜻한 사랑의 가슴으로 감동의 꽃향기를 세상에 남기고 있다. 문문자 시인은 바다에 비유할 수 있는 한국 현대시단에 동남풍을 일으킬 수 있는 시집 『지슴도 사랑하면 연리지가 될 거야』의 항해를 시작했다. 사랑의 향기를 세상에 선물하고 있는 가운데, 그녀가 발효시킨 절정의 감성 이미지는 엑스타시(Ecstasy)의 황홀경, 서정성으로 완성시킨 언어의 항공모함 한 척을 건조시키는 근간으로 작용하고 있다.

여기서 지슴은 충청도, 함경도 지역에서 통용되고 있는 '김(논밭에 난 잡풀)'의 방언으로 알려져 있고 경상도 지역에서는 '잡초'의 방언으로 통칭되고 있다. 비록 논밭의 잡풀, 잡초일지라도 서로 사랑하면 연리지(連理枝)와 같은 합일적 존재가 될 수 있음을 시인은 노래하고 있다.

독자의 손길 속에 한 권의 시집이 선택되기까지는 무릇 시인의 고통 흔적이 느껴질 때, 비로소 가능하다. 이는 고통의 흔적 속에 행복의 참다운 의미를 발견할 수 있기 때문이다. 고통 없이 감동을 창조할 수 없다. 고통을 몸으로 즐기며 사는 시인, 더불어 독자들에게 사랑받는 시인으로 거듭 태어난 문문자 시인의 시집을 세상에 펼쳐본다.